親友歴五年、
今さら君に惚れたなんて言えない。
2

海の家・海神屋
「あれ、陸？ 久しぶりじゃん、
こんなところで何やってるの？」
東雲《しののめ》 香乃《かの》
陸たちの
中学時代の友人。
自他共に認める
美人で自信家。
海神屋

「香乃……」
巳城《みしろ》陸《りく》

「ほら、くっついていれば温かいでしょ？」
海神屋
西園寺《さいおんじ》 碧《あお》

親友歴五年、今さら君に惚れたなんて言えない。2

三上こた

角川スニーカー文庫

23528

目次
Contents

本文イラスト:垂狼　デザイン:AFTERGLOW

プロローグ1。

放課後の校舎裏。

降り積もる落ち葉を踏みしめながら、俺は周囲を見回した。

「……お、見つけた」

落ち葉に埋もれるようにして落ちていた白球を拾い、ほっと胸をなで下ろす。

今日はシニアの練習が休みなので野球部の活動に交ぜてもらっていたのだが、うっかり特大ホームランを打ったため、校舎裏まで転がっていってしまったのである。

「ガラス割れなくてよかったわ。うちの学校、グラウンド狭いんだから」

まあ公立中学にそこまで贅沢《ぜいたく》を求めても仕方ないけど。

そんな取り留めのないことを考えながら、グラウンドに戻ろうとした時だった。

ふと、視界の隅に人影を見つける。

思わずそっちを見ると、その人物も俺に気付いたのか、こっちに視線を向けた。

夕日の茜色《あかねいろ》を弾いて輝く金髪、リスのように大きな目、すっと通った鼻梁《びりょう》。

あまりに人形めいた美しい顔立ちに一瞬見惚《みと》れそうになる。が、何故かこちらに向ける視線だけは氷のようで、その冷たさが俺を正気に戻した。

「やっと来た。自分から呼び出しておいて遅れてくるなんて、失礼な話ね」

少女が口を開いたかと思うと、まるで身に覚えのない非難を俺に浴びせてくる。

「……は？　え、呼び出したって俺が？」

困惑しつつ応対すると、彼女はポケットから一通の手紙を取り出した。

「これ、私の机に入れたの君でしょ。今時ラブレターなんてどうかと思うわ。あと差出人の名前くらいちゃんと書きなさいよ。まあどっちにしろ断るけどね」

と、その台詞《せりふ》で俺はだいたいの状況を理解する。

「いや、人違いだ。俺は今たまたまここに来ただけだよ」

そう弁解すると、少女は深々と溜《た》め息《いき》を吐いた。

「なるほど。今回はそのパターンか。いるんだよねえ、差出人不明で書いておいて、いざフラれたらそうやって誤魔化す奴」

が、俺の説明は響かなかったようで、少女はうんざりしたような言葉を返してくる。

初対面の人間に一方的に言われ、さすがに俺もイラッときた。

「アホか。お前みたいな性格悪い女に誰が惚《ほ》れるか」

「そうそう。こんな塩対応しても顔がいいってだけで近づいてくる男が絶えないんだよね、君みたいに」

「はっ。残念ながらお前程度じゃ心は動かねえよ。生憎《あいにく》と顔がいい親友がいるんでね」

一瞬だけ見惚れそうになったのはノーカウントだ。

どうあれ、中身を知ったらこんな女の相手をしたいとは思わん。

「ふーん？　そこまで言うなら賭《か》けようか。君が差出人じゃないなら、この後に本当の差出人が来るはず。それが本当に来るのか待とう」

少女は挑発的な態度でそんな提案をしてくる。

俺が残らなくても本当の差出人は来るだろうし、乗るメリットがない……が、ここで退くのもなんか腹立つ。

「いいぜ。俺が勝ったら何してくれるよ」

売り言葉に買い言葉というやつで、俺は即座に頷《うなず》いた。

「じゃあこの後、私が下校デートしてあげよう」

「なんで勝ったのに罰ゲーム受けることになるんですかね」

「なんですと」

バチバチと睨《にら》み合う俺たち。

が、すぐにその不毛さに気付き、溜め息を吐いてお互い視線を逸らした。

「つーかお前、よく見たら三組の転校生じゃん。東雲香乃《しののめかの》とか言ったたっけ」

落ち着いたおかげか、脳の片隅にあった記憶が蘇《よみがえ》ってきた。

「今頃気付いたの？　美少女転校生としてあんなに話題になったのに」

「ああ。ついでにクッソ無愛想で性格が悪いとも話題になってたな」

二学期の頭に転入してきてすぐにその常人離れした外見で学校の話題をかっ攫《さら》い、次の日にはその常人離れした内面で話題をかっ攫った希有な人材である。

俺の言葉がちょっと効いたのか、東雲は仏頂面になった。

「モテる子って嫉妬《しっと》されるから、色々とあることないこと言われるのよ」

「今のところ一〇〇％真実だけども」

「なんですと」

再び睨み合う俺たち。

と、そんな空気を壊すように雑草を踏む音が聞こえてきた。

振り向くと、そこには困惑したように俺たちを見比べる男子生徒の姿が。

「東雲さん……と、陸《りく》？　どうしてお前までここに」

俺がその問いかけに答える前に、東雲が前に出た。

「このラブレター書いたの、君？」

「そ、そうだけど」

彼女が手に持ったラブレターを見せると、男子生徒は頷く。

「……なるほど。本当に人違いだったか。なら……うん」

東雲はじっと考え込むような顔をして呟《つぶや》いた。

一方、俺は心の中で快哉《かいさい》を叫ぶ。

どんな小さな勝負だろうと、勝つというのは気持ちがいいものだ。

と、その気の緩みがよくなかったのか。唐突に、東雲が俺と腕を組んできた。

「ちょっ⁉」

突然の出来事に硬直する俺に構わず、東雲は男子生徒に笑顔を見せた。

「ごめんねー。私、陸と付き合ってるからさー。このラブレターは受け取れないや」

「はあ⁉」

男子生徒よりも早く俺がリアクションを取る。

が、失恋のショックというのは人の判断力を奪うものなのか、男子生徒は俺の態度に目もくれず悲愴感漂う顔をした。

「そ、そうか……まあ東雲さんくらい可愛い子がフリーなわけないよな」

「いや、これだけ性格悪ければ全然フリーもありえると思うけど」

「お幸せに！」

俺の指摘も届かず、男子生徒は踵《きびす》を返して走っていった。

「おいちょっと！」

なんてことだ……とんでもない風評被害が生まれてしまった。

「オイコラ転校生。お前はなんてことしてくれたんだ」

組まれた腕を振り払うと、彼女は避けるようにぴょんと跳ねて気さくな笑みを浮かべた。

「あはは。立ってる者は親でも使えって言うでしょ？　あと、私のことは香乃って呼んでいいよ。私も陸って呼ぶし」

「呼ばねえし呼ぶな。なに急に親しげになってるんだよ」

「いや、私に下心も嫉妬も持たずに接してくる奴、久しぶりだからさ。陸となら友達になれるんじゃないかと思って」

「嫌悪感と鬱陶《うっとう》しさは両手に抱えるほど持って接してるんだが」

「捨てたほうがいいよ、それ。私と友達になるという幸せチャンスを逃してしまうし」

俺の嫌味もさらりと流して、フレンドリーな態度を崩さない東雲。

「それより、約束通り下校デートでもしようか。ちょっとお腹空いたし、ご飯食べに行かない？　今回は陸の財布事情に合わせてあげるからさ」

「おい、まさかと思うが俺にたかる気か？」

「うん。超名誉なことだから飛び上がって喜ぶといいよ」

「俺が喜ぶ要素、どこかにありましたかね……」

いっそ呆《あき》れた俺に、東雲はひたすら楽しそうに笑う。

「冗談だって。ま、私が奢《おご》ってあげるから安心しなさい」

「それならまあ」

こいつと飯を食うことに喜びは感じないが、せっかく勝ったのだし、賞品を受け取るくらいはしないと損だ。

「うんうん。ようやく素直になったか」

「最初からずっと素直なんだが……お前、やっぱり友達いないだろ」

「失礼な。友達くらいいるよ、三分前から」

「早速俺を友達にカウントするな！」

——中学二年の秋。

これが、俺と東雲香乃の最悪な出会いだった。

一回表 ▼▼▼ 夏とテストと海水浴場。

「もうすっかり夏だねー」

朝の登校中。

梅雨明けの抜けるような青空を見上げながら、隣を歩く少女が呟いた。

腰まである長い黒髪、雪のように白い肌。

この絵に描いたような美少女は、俺の親友である西園寺《さいおんじ》碧《あお》だ。

「そうだな。だいぶ暑くなってきたし」

耳を澄ませば、セミの鳴き声もちらほら聞こえてきている。

「だね。特に今年は髪長いからさ。ロングヘアがこんなに暑いものだと思わなかった」

自分の髪の毛をさらりと触りながら苦笑する碧。確かに言われてみればカーディガン一枚羽織ってるくらいの保温力はありそうだ。

「しかし、随分と髪伸びたよな。たった一年でこんなに伸びるものかね」

一年前まで、碧はソフトボールをやっていたこともあって髪は動きやすいようにショートカットにしていた。

「私、髪伸びるの早い体質みたい。さーやちゃんも驚いてた。おかげで手入れが大変で」

どうやらロングヘアというのは、俺が思う以上に維持に手間暇がかかるらしい。

「昔みたいに短くしないのか？」

ふと、そんな疑問が湧いた。

以前はせっかくソフト引退したんだし、今までやれなかったロングヘアにしてみたいと言って伸ばしていたが、もう割と楽しんだ頃じゃないかと思う。

なら、夏に合わせて短くするのもありではないか。

そんな素朴な疑問をぶつけてみると、碧は何故か少し照れたように視線を泳がせた。

「ん……それもいいんだけど。ほら、髪が短いとかんざし、刺しづらいかなって」

「お、おう」

不意打ちを食らい、俺は思わずどきりとしてしまう。

あのかんざしは俺がプレゼントしたもの。それに合わせて髪型を決めているというのは、その、なんというか……ちょっと来るものがあった。

「ま、まあ、それにせっかく伸ばしたんだしね。今さら切るのももったいないって気持ちもあるし」

碧は照れ臭さを誤魔化すように笑ってみせた。

「そ、そうか。まあそうだな。あはは」

俺も誤魔化すように不自然な空笑いをする。

と、そのせいで話が途切れた。

どこか気恥ずかしい、悪くない沈黙。

「ねえ陸」

それを破ったのは、碧だった。

「なんだ？」

応じると、碧はさっきまでより少し穏やかな表情で呟いた。

「今年の夏はさ、今までできなかったこと、いっぱいやりたいね」

「ああ」

肩を壊してソフトボールを辞めた碧と、情熱が足りずに野球を引退した俺。

今まで練習と大会で埋まっていた夏の予定は、ぽっかりと空白になっている。

「よし、じゃあ今年の夏は遊び倒すか」

俺が明るく提案すると、碧も楽しそうに首肯した。

「うん！　気が合うね。やっぱり持つべきものは親友だよ！」

そんな碧の言葉に、喜びと少しの切なさを覚えながら、俺の夏は始まった。

──告白するなら早いほうがいいぞ。

唐突で済まないが、全人類への警告として、俺からこの言葉を伝えたいと思う。

距離を詰めてからとか、勇気が出ないとか、恋愛の駆け引きをしたいとか。

そんなことで告白を先延ばしにしている輩がいたら、俺はこう言ってやりたい。

──お前はもう負けている、と。

ボールが来たのにずっとバットを振らない打者は、それだけで三振なのだ。

同じように、告白するタイミングがあったにもかかわらず告白できなかった奴は、恋愛において確実に成功率を落とす。

だから好きだと思ったらすぐに攻めろ。拙速は巧遅に勝るのだ。

ただまあ──問題は。

既に関係の固まってしまった相手を、急に好きになってしまった場合でして。

たとえば、小学校から付き合いのある五年来の親友を、いきなり女として意識してしまった場合なんか最悪だ。

もはや距離を詰めようがない。だってある意味、究極まで距離が詰まってるもの。

はっきり言って終わっている。異性として意識してもらえないというのは、スタートラインに立てないのと同じである。

――まあ、今の俺なんだけどね。

だからこそ、俺は全人類に言いたい。

告白できるタイミングがあるなら、相手にまだ異性として意識してもらえるタイミングがあるのなら、それを決して逃すなと。


「今年の夏は海に行こうぜ！」

俺と碧が教室に入るなり、唐突に銀司《ぎんじ》がそんなことを言った。

「いきなりなんだ、お前は」

「朝一からテンション高いね、銀司君」

思わず、俺と碧は困惑を見せる。

スポーツマンらしい短髪と爽《さわ》やかな笑顔が売りの好青年。

それが俺の友人である有村《ありむら》銀司……なのだが、今日の笑顔は妙に空回り気味だった。

「いや、夏と言えば海じゃん？　中学の頃は野球で忙しかったし、高校の夏は海を楽しもうと思うんだよね」

平然と言い放つ銀司に、俺は小首を傾げた。

「中学の頃は……って、お前は今も野球部だろ。部活どうすんだ」

「そんなの関係ねえし！　一度しかない青春を部活漬けで過ごしたら悔いが残るだろ！　だから俺は行く！」

さすがにここまで来ると、銀司の異変を無視できない。

俺と碧が顔を見合わせていると、見かねたように溜《た》め息《いき》を吐く人物が現れた。

「巳城《みしろ》、碧、そいつの戯れ言は気にしなくていいぞ」

冷めた口調で割って入ってきたのは、ポニーテールの小柄な少女。

ちんまりとしたサイズと可愛らしい顔立ちで、黙っていれば人形のような雰囲気だが、クールな表情を浮かべているせいか、大人びて見える。

俺たちのクラスメイトである二条《にじょう》沙也香《さやか》だ。

「さーやちゃん、おはよう。銀司君はいったいどうしたの？」

不思議そうな碧に、二条は小さく溜め息を吐いた。

「どうやら朝練で夏の大会のメンバーが発表されたらしくてな。銀司、ベンチ入り逃したんだと」

「「あー……」」

俺と碧は、同時に呻《うめ》く。

そして、銀司に同情の視線を送った。

「やめろお前ら！　そんな目で俺を見るな！」

ハイテンションの裏を知られ、銀司が苦しそうに悶《もだ》えていた。

まあ俺と碧もレギュラー落ちの悔しさは味わったことがある人間だ。銀司の気持ちは痛いほど分かる。

「ていうか沙也香もベンチ入り逃したくせに、何を他人事《ひとごと》のように言ってんだ」

銀司が恨みがましい表情で二条を見つめる。が、彼女はどこ吹く風だった。

「私は怪我で外れただけだ。一緒にするな」

「怪我って、どこやったんだ？」

碧のことがあっただけに、俺は思わず反応してしまった。

すると二条は左脇の下辺りを軽く擦る。

「脇腹だ。練習試合の時に走者と派手にぶつかってな。ほぼ治ってるんだが、念のためにということで」

捕手というのは走者と接触プレーが起きやすい危険なポジションである。この手の事故はままあるものだ。

「一年の夏ならそんな無理することはないか」

たいしたことなさそうでほっとしていると、二条も微笑を浮かべて頷《うなず》いた。

「ま、そういうわけで練習もしばらくできないからな。ちょうどいいし、この子鹿のように弱々しいメンタルの男の気晴らしに付き合う予定なんだが、二人もどうだ？」

「誰が子鹿だ！」

叫ぶ銀司はスルーして、俺は二条の提案について考える。

「確かに二条だけで子鹿の世話するの大変だろうしな。よし、付き合うよ」

どうせ他にやることもないしな。

「おい、そこの飼育委員ども！　人を子鹿で確定するな！」

と、そんな俺たちの様子に苦笑しつつ、碧も口を開いた。

「私も行きたいけど……いつにするの？　もうすぐ期末テストあるし、夏休みに入ったら二人は部活漬けでしょ？」

「問題ない。うちの学校、期末後はテスト休みあるし、そこにしようと思ってる」

当然と言えば当然の疑問。二条もそれについては考えていたのか、間を開けずに答えていた。

確かにテスト休みは責任者である顧問がいないから、部活が禁止になるってホームルームで担任が言ってたっけな。

「銀司もそこでいいな？」

二条が確認を取ると、銀司は仏頂面のままだったが、しっかりと頷いた。

「色々と釈然としないが……まあいいだろう。人数いたほうが楽しいしな。となると、問題は金か」

銀司の言葉に、二条も同意する。

「私と銀司は部活やってるからバイトする暇ないし、ちょっと厳しい。二人はどうだ？」

水を向けてきた二条に、俺と碧は揃《そろ》って渋い顔を見せた。

「俺もちょっと今は余裕ないな」

「右に同じ」

計画がまとまってきたところで、懐事情という現実が俺たちを襲った。

「お前らもか。なんだ、また二人でバッセン行きまくったのか？」

銀司がからかい交じりにそんなことを訊《たず》ねてくる。

が、俺と碧は揃って彼から顔を背けた。

「いやあ、そういうわけじゃないんだけど……」

「ええと、あの」

つい先日、俺たちは体育祭の賞品でもらった遊園地のチケットを使ってデートをした。その際、お互いに浮かれまくってしまい、まんまと余計な買い物や豪華な食事で財布の中身を吸い尽くされてしまったのである。

めっちゃ楽しかったので悔いはないし、別に隠すことでもないけど、それを二人に言うのは気恥ずかしいっていうか。

ちらっと碧を見ると、彼女も同じ気持ちなのか、照れ臭そうにはにかんできた。可愛い。

「あー……なんとなく分かった。銀司、放っておけ。変に突っ込むと惚気《のろけ》が始まるぞ」

と、俺たちの雰囲気からだいたいのことを察したのか、二条が溜め息交じりに呟《つぶや》いた。

「そうみたいだな。俺たちがベンチ入りを逃してへこんでいる間に、随分と楽しい青春を過ごしてるようで」

じとっとした目で俺たちを見てくる銀司。

それに気まずいものを感じた俺は、咄嗟《とっさ》に話を逸らす。

「じゃ、じゃあ海に行く前にみんなで短期バイトでもするか？」

「いや俺たちは部活だって」

「それにそもそもテスト前だしな」

苦し紛れに出した提案を、銀司と二条が連続で否定した。

ぐぬぅ……確かに。

海に行く計画は早くも暗礁に乗り上げた。海だけに。

「心配しなくても、金の当てならこっちで考えてある。俺の親戚《しんせき》に、夏場になると海の家をやってる人がいるんだ。そこが毎年泊まり込みの短期バイト募集してるから、頼んでみようと思ってる」

どうやら銀司も既にこの問題は想定済みらしく、解決策を用意していたようだ。

「泊まり込みか。俺は大丈夫だと思うけど、碧はどうだ？」

「あとで聞いてみるけど、多分平気。さーやちゃんもいるし」

俺の問いに、笑ってＯＫサインを出す碧。

とりあえず全員の参加が決まったのを確認して、銀司は満足げに頷いた。

「よし、これで決定！　みんなで海行くぞ！」

「ま、テストで赤点取ったら白紙だけどな」

盛り上がる銀司に釘《くぎ》を刺すように、二条が現実を突きつけてくる。

「うぐ……みんな、とりあえずテストを生き残るぞ」

一撃で沈められた銀司に、俺と碧は苦笑を浮かべるのだった。

放課後。

勉強前に少し自主練をするという銀司や二条と別れ、俺と碧は駅前の本屋にやってきていた。

目的はテスト勉強に必要な参考書とルーズリーフの補給。

「けど、テスト前まで練習なんて、さーやちゃんたちも大変だね」

参考書が並んだ棚を眺めながら、ぽつりと呟く碧。

「そうだな。あいつらのためにわざわざテスト対策をしてやる俺たちも、負けず劣らずだとは思うけど」

「確かにね」

俺の台詞《せりふ》に、碧が苦笑を見せた。

テスト前からテスト後の休みまで、我が校には二週間の部活動禁止期間がある。

よって部活組は、テスト後の休み期間に自主練を始めるのが普通らしいが、銀司と二条はテスト休みを使って海に行く計画のため、今のうちに自主練を重ねているのだ。

で、その分だけ疎かになる勉強を、俺と碧お手製のテスト対策問題集で補うという。

「まあでも、バイトの当てを探してくれたのは銀司君だし、さーやちゃんには普段恐ろしいほどお世話になってるし、お互い様ってやつだよ」

「ま、そうだな」

銀司はともかく、二条は優等生だから俺たちの助けがどれだけ必要なのかは分からないが、何もないよりはマシだろう。

「それより、目的の参考書は見つかりそうか？」

「んー、この辺にあるはずだけど……あ、あった。及川《おいかわ》先輩おすすめのやつ」

碧が指差したのは、一番上の本棚に並べられた参考書だった。

彼女はそのまま手を伸ばし、本を取ろうとする。

が、背伸びしたにもかかわらず参考書には指先しか届かず、苦戦していた。

「うぐ……もうちょっと……！」

「俺が取ろうか？」

そのちょっと可愛らしい仕草にほっこりしながらも、見かねた俺は代打を申し出た。

「大丈夫。あとちょっとだから……！」

しかし碧は自分で取るつもりらしく、指先を引っかけて必死に取ろうとする。

と、その時だった。

指先に引っかかった参考書は、思いのほか勢いよく棚から外れ、そのまま碧の頭上に落ちてきた。

「きゃっ⁉」

碧は背伸び状態でそれを躱《かわ》そうとしたらしく、ぐらりとバランスを崩す。

「碧！」

間一髪反応した俺は、倒れそうになった碧を後ろから抱き留め、落ちてきた参考書を左手でキャッチした。

「ご、ごめん……」

俺の胸元にすっぽりと収まった碧は、申し訳なさそうにこっちを見上げてくる。

「まったく……俺がフライを捕球するのが得意だったことに感謝するんだな」

冗談めかして注意すると、碧も表情を緩めた。

「うん。私もたくさん守備練に付き合った甲斐《かい》があったよ」

アクシデントの緊張感が解れる。

そのおかげか、今ぴったりとくっついていることに気付いてしまった。

「う……」

「あの……」

碧も同時に気付いたらしく、ぎこちなく硬直していた。

すっぽりと俺の腕に収まる華奢《きやしや》な肩、直に伝わってくる体温。ふわりと漂う甘い匂い。

圧倒的な情報量に、脳内がフリーズしかけている。

「り、陸。昔と比べて身長伸びたね」

あるいは参考書が落ちてきた時以上に張り詰めた空気をなんとかしようとしたのか、碧が俺の腕に収まったまま、そんな話題を振ってきた。

「そ、そうだな。昔は俺たち同じくらいの背丈だったもんな」

だが、身長差のせいで、俺はゼロ距離から碧の上目遣いを食らっており、余計に硬直してしまっているのであった。俺の親友、世界一可愛いんだけど。

「えと、私は中二くらいで止まっちゃったんだよね。陸はまだ伸びてるんだっけ？」

「す、少しだけな」

話に応じる俺だが、ほぼ上の空である。

正直、このままぎゅっと抱きしめたい衝動を抑えるのに必死だった。

さすがにこれ以上は理性の限界だったため、俺はゆっくりとムーンウォークで碧から遠ざかった。

「ええと、とりあえず参考書も手に入ったし、レジに行こうか」

まるで今までのやりとりをなかったことにするかのように、めちゃくちゃ無理矢理本題に戻す俺である。

「そ、そうだね」

碧も碧でテンパっているのか、俺の不自然さにも疑問を抱く様子なく従った。

そのままレジで会計を済ませ、店を出る。

ちょっと時間を置いたおかげで落ち着いた俺は、そこでようやく普通に会話できる状態になった。

「そうだ。ついでだし、海で必要な道具も買っていくか？」

そう提案してみると、碧は首を横に振った。

「まだいいんじゃないかな。私、テスト終わったらさーやちゃんと一緒に海水浴用の買い物するつもりだし、必要なものはその時にまとめるよ」

「む、そうか？」

二度手間になりそうだが、きっと同性と一緒じゃないと買いにくいものもあるのだろう。

「うん。去年の水着もサイズ合わなくなっちゃったから、買い直さなきゃいけないしね。今そんな持ち合わせないもん」

さらっとそんなことを言う碧に、俺は眉根《まゆね》を寄せた。

「え？　でも……」

もう身長は止まったはずなのに、と言いかけたところで気付いた。

――胸か！

そ、そうか……去年の水着じゃサイズが合わなくなったのか。

思わず碧の身体をチラ見してしまう。

「陸？　どうしたの」

自分が爆弾を投下した自覚がないらしく、碧は急に挙動不審になった俺を訝《いぶか》るように首を傾げた。

「な、なんでもない。ま、まあ海のことはテスト終わってから考えたほうがいいな、うん。まずは雑念を捨ててテストに集中しよう」

自分に言い聞かせるように告げる俺である。

「そうだね。赤点取ったら目も当てられないし、頑張ろうね」

朗らかな笑みを浮かべる碧。

うぅ……その汚れのない微笑みは、今の薄汚れちまった俺には眩《まぶ》しすぎる。

結局、俺は家に帰るまで悶々《もんもん》とした気持ちを抱え続けるのだった。

その日の夕食後、俺が自室に戻ってきたのとほぼ同時に、部屋に置きっ放しだったスマホが着信音を鳴らした。

待ち受け画面には、有村銀司の文字。

「はい、もしもし」

『よう陸。今大丈夫か？』

「おう。平気だけど、どうした？」

ベッドに腰掛けながら通話を続ける。

『海のことでちょっと話したいことがあってな。それにテスト勉強行き詰まったから半ば気分転換も兼ねて。そっちはどうよ、勉強捗《はかど》ってる？』

「残念ながら参考書を買っただけで全く手をつけてない状況ですよ。なんせさっきまでずっと素振りしてたからね」

『いや、テスト前に素振りって』

いつもの呆《あき》れた表情をする銀司の姿が目に浮かぶ。

そんな彼に、俺は思わず自嘲《じちょう》の笑みを返した。

「はは……ちょっと雑念を払いたくてな。気付いたら素振り千回してたわ」

『なんで現役《おれ》より練習してるんですかね……』

呆れを通り越して困惑気味な銀司の声。

無論、碧の水着サイズ問題で生まれた邪念と闘うためだが、そんなことを正直に言えるわけがない。

「色々あったんだよ。ま、心配するな。今からお前ら用のテスト対策問題集もちゃんと作ってやるから。それより、さっき海のことで話があるって言ってなかったか？」

『そうそう。一応、ちゃんと保護者の許可は取れたのかって確認しとこうと思って』

言われて、俺は少し眉根を寄せた。

「その件か。俺は問題ない。ただ、碧のほうは二条がいるならＯＫって条件でな。そっちがはっきりするまでは怪しい」

さすがに男二人と泊まりがけで海というのは、難色を示された。

なので、二条が参加できるかどうかでこの計画がうまくいくか決まる。

『それなら平気だ。沙也香の親って、沙也香とは真逆で割と緩いからな。二つ返事でＯＫだった』

その返事に、俺は少し驚く。

「意外だな」

『だろ？　沙也香は親がぽやぽやしてる反動で子供がしっかりしたパターンなんだ』

「いや、そうじゃなくて。お前ら、そんな家族ぐるみの付き合いがあったのか」

銀司と二条が同じ中学出身というのは聞いたことがあったが、そこまで深い付き合いがあるとは初耳だ。

『あれ、言ってなかったっけ？　俺と沙也香って幼なじみってやつでな。少年野球でもバッテリーを組んでた仲だ』

「そうだったのか。そういやお前、シニア入った時は投手だったな」

ふと昔を思い出した俺に、通話口からは苦笑気味の吐息が聞こえてきた。

『おう。ま、沙也香と組めないなら投手やる意味ないし、すぐコンバートしたけどな』

おおう……なんかすごい惚気《のろけ》みたいなのがさらっと来たぞ。

自覚なく惚気るとは恐ろしい。

『話戻すけど、それなら海は心配ないな。いやあ、すげえ楽しみだわ。やっぱ野球やってると夏は野球漬けになるから、海とかなかなか行けないもんな』

共感を求めてくる銀司に、俺はちょっと心苦しくなる。

「すまん、今だから言うが俺は去年碧と海に行ったんだわ。それもシニアの大会期間中に」

『なんだと!?　そういやお前、お祖母《ばあ》ちゃんの葬式とか言って練習来なかった期間あったよな！　あの時か！』

　今だから言える俺の懺悔《ざんげ》に、銀司はヒートアップして詰問してきた。

「ああ。俺の祖母ちゃんは今も存命だわ。春休みに会ったけど元気そうだった」

『よかった、亡くなったお祖母ちゃんはいなかったんだ……じゃなくて！　お前、最後の大会なのに何してんだよ！』

「ま、あの時期だからこそってやつだ。最初は素振りだけでなんとかなるかと思ったんだけど、どうにも無理っぽくてな」

　俺が意味深な言葉を吐くと、銀司も少しだけ考え込んでから口を開いた。

『もしかしてあれか？　砂浜で走り込みの基礎練習みたいなやつ。最後の大会だからこそ一から自分の身体を鍛え直そうとしたみたいな』

「いや、単に俺が当時好きだった子に告白してフラれたから、気晴らしに行っただけだ」

『しばくぞお前！　ＯＬの傷心旅行か！』

「悪い悪い。最初は本当に素振りだけでストレス発散しようとしたんだが、無理だった」

『知らねえよ！　お前当時のチームメイトが聞いたら全員キレるぞ！』

　銀司に咎《とが》められて、俺は自分の浅はかさに気付いた。

「確かに……俺、チームメイトにお土産買ってなかったじゃん！」

『そこじゃねえええええええええええ！』

「まあ、海でメンタルを持ち直した俺が打ったヒット、あれこそが本当のお土産だと思ってほしい」

『やかましいわ！　まずそもそも大会終わってから告白しろや！』

銀司の正論パンチに、俺は痛いところを突かれた。

「つい我慢できなくて……」

『そこは理性を保て！　ていうか碧ちゃん相手に死ぬほどへたれてるくせに、なんでその時は一番いらんタイミングで勇気出せてるんだよ！　お前劣化してんぞ！』

「うるせえ！　逆にその時のダメージで今こうなってんだよ！　お前だって空振り三振したら次の打席は慎重になるだろ！」

『その三振から一年経ってんだけど！　バットを振らなきゃヒットは打てねえぞ！』

「ぬぐぅ……」

まるで反論できなくなり、俺は呻《うめ》いた。

『つーか、その時期って言ったら碧ちゃんも大会中だろ？　よく付き合ってくれたな』

どこか呆れ気味な銀司の声。

「……色々とあってな」

俺が歯切れ悪く頷《うなず》くと、スマホの向こうから息を呑《の》む気配が伝わってきた。

『もしかして……碧ちゃんが肩壊した後に行ったのか？』

その推測に、今度は無言で肯定を返す。

そう、その海水浴に行った時期には、もう運命の時は終わっていた。

最終回、2アウト満塁、すっぽ抜けのライズボールが相手の打者に当たり、押し出しの死球。

結局、それが決勝点となり碧の夏は終わってしまった。

その選手生命とともに。

「正直、お前らには悪かったと思ってるよ」

俺たちにとっても三年間の集大成だったのは分かっていた。

でも、それでも俺は、燃え尽きて空っぽになってしまっていたあの時の碧を、放っておくことはできなかったのだ。

『碧ちゃんのためっていうなら責めることはできないさ。お前も大変だったんだろうしな』

銀司もどこか神妙な口調で、俺の懺悔を許してくれた。

「すまん、恩に着る」

『いいって。ていうか、さっきは普通に流したけど、お前って碧ちゃん以外に好きな子いたのな。なんかびっくりだわ』

しんみりした空気を振り払おうとしたのか、銀司は話題を変えてきた。

「まあ、碧のことはずっと友達と思ってたからな。だからこそ難しいわけで」

『その当時、碧ちゃんに恋愛相談とかもしちゃったり？』

「……しちゃったりしてた。うわ、どうしよう。もしかしてそのせいで余計に異性として意識してもらえなくなってるんじゃね？」

俺の碧への態度って、当時も今も変わらないし。

そのせいで、他に好きな子がいてもこういう距離感で接する奴なんだなって思われてるかもしれん。

『先は長いなあ、陸』

「本当にな……いかん、また素振りしたくなってきた」

しんみりした空気を振り払えるはずが、さらにしんみりする俺たち（主に俺）であった。

『本当に俺より練習してるな……まあいいや。俺も勉強あるしな。そろそろ切るわ』

「おう、じゃあな」

そう言って、通話を切る。

途端、部屋の静寂が耳に響いた。

「好きだった子、か」

銀司とあんな話をしたせいか、久しぶりにあいつのことを思い出す。

同時に、最後に交わした言葉も。

『――ねえ。友情を壊してまで人を好きになるって、本当に正しいことなの？』

一回裏 ▼▼▼ そうして夏は始まった。

準備期間はあっという間に終わり、私たちはすぐに期末試験の時期を迎えた。

襲い来る主要五教科は嵐のようだったが、きちんと対策を講じていた私たちには通じず。

そう大きな苦戦をすることもなく私たちはテスト期間を乗り越えていった。

「ここは合ってる……ここも……うん、こんなところか」

期末試験最終日の放課後。

戦を終えた私たち四人はファストフード店に集まり、みんなで自己採点をしていた。

「ん、銀司の答案チェック終了。まあ赤点はないだろ。ちょうど平均くらいじゃないか？」

銀司君が解答を書き込んでいた問題用紙を見ながら、採点をしていたさーやちゃんがそう告げる。

「よかったー……！　いや、マジで部活もベンチ入り逃したのにテストまで赤点だったらどうしようかと思ったわ」

さーやちゃんからのお墨付きをもらい、銀司君は深々と安堵《あんど》の声を漏らした。

私も自分の解答を確認して、一つ頷く。

「私も問題なし。陸は？」

「俺も大丈夫だ。絶好調だったな」

陸は上機嫌にそう呟《つぶや》く。

ちなみに、さーやちゃんは中間試験で学年三位だった優等生なので、確認するまでもなく大丈夫だろう。

「とりあえず全員補習はなしだな。テスト休みを謳歌《おうか》できそうで何よりだ」

さーやちゃんがまるで教師のように満足げに頷くと、ようやく緊張が解れ、テストが終わった感が出てきた。

「これも陸が勉強付き合ってくれたおかげだね。ありがと」

私は隣に座る親友に笑顔で感謝を伝える。

さーやちゃんたち用の問題集を作った後、陸は私の勉強まで見てくれたのだ。

自分の分の勉強もあるだろうに、ちょっと申し訳ない。

「いいって。人に教えるのって自分の知識の確認にもなるしな。いい気分転換になったよ」

そう笑い返してくる陸。

確かに勉強を見てもらっている時、何故か陸の手には素振りのマメが増えていた。

何か悩みや葛藤《かっとう》があると素振りで発散するのが陸の癖だけど、どうやら今回のテスト勉強には相当精神的な負荷がかかっていたらしい。

もし、私がその気分転換の一助になれていたなら何よりだ。

「それに俺も碧とまた海に行きたかったし、みんなテストが無事に終わってよかったよ」

さすがに赤点の人が出たら、その人だけ置いて海に行くわけにもいかないもんね。

安堵した様子の陸に、銀司君が茶化すような笑みを見せた。

「なんだ、陸。随分熱心にテスト対策してくれたと思ってたけど、そんなに碧ちゃんの水着が見たかったのか？」

「アホか！　別にそれだけのために頑張ったんじゃねえよ！」

「巳城、今さりげなく碧の水着見たいのは否定しなかったな」

「二条さん!?　ちょっと背中から刺すのやめていただけないですかね！　なんだこいつら、揃《そろ》って恩を仇《あだ》で返しやがって！」

わいわいと騒ぐ三人。

それを見ながら、私の心臓はバクバクと跳ねていた。

見たいんだ……！

陸、私の水着見たいんだ……！

嬉《うれ》しさと困惑と恥ずかしさが入り交じった感情に、私は陸の顔を見られなくなる。

「あ、あの、碧？　あいつらの言うことは真に受けなくていいからな？」

顔を赤くした陸が、ぎこちなく弁明してきた。

「う、うん。大丈夫。冗談だって分かってるから」

私も耳まで熱くなりながら、ぎこちなく笑顔を作ってみせた。

分かっている。こんなのただの軽口だって。

でも……でも陸は否定しなかった……！

その事実が徐々に私の中に浸透していき、なんだかちょっとテンションが上がってきた。

これは、負けられない戦いが始まったかもしれない。


――告白するなら早いほうがいい。

唐突で申し訳ないけど、全ての人類に私からこの言葉を贈りたい。

距離を詰めてからとか、勇気が出ないとか、恋愛の駆け引きをしたいとか。

そんなもので告白を先延ばしにしている人がいたら、私はこう言ってやりたい。

――君はもう負けている、と。

打者との勝負から逃げて四球ばかり投げている投手は、それだけで打ち込まれているのと一緒なのだ。

同じように、告白するべきタイミングで告白できない人間は、もう負けているようなものである。

だから好きだと思ったらちゃんと告白するべき。押し出しの四球を出してから慌てて勝負しても、もう遅いのだから。

ただまあ――問題は。

既に関係の固まってしまった相手を、急に好きになってしまった場合でして。

たとえば、小学校から付き合いのある五年来の親友を、いきなり男として意識してしまった場合なんか最悪だ。

もはや距離を詰めようがない。だってある意味、究極まで距離が詰まってるもの。

はっきり言って終わっている。異性として意識してもらえないというのは、スタートラインに立てないのと同じである。

――まあ、今の私なんだけどね。

だからこそ、私は全人類に言いたい。

告白できるタイミングがあるなら、相手にまだ異性として意識してもらえるタイミングがあるのなら、それを決して逃すなと。

テストの自己採点を終えて。

自主練をする銀司君とそれに付き合う陸とは別れ、私は以前からの約束通り、さーやちゃんと海に必要な諸々の買い出しに向かうことにした。

「とりあえず日焼け止めは新しいの買ったほうがいいよね。普段使ってるやつじゃさすがに弱いし。さーやちゃんは部活用の使うの？」

「いや、海だしウォータープルーフのものを買うつもりだ」

ショッピングモールの一角にあるドラッグストアで、私たちは消耗品を補充する。

「なら二人で一本買わない？　どうせ余るし、もったいないよ」

棚から手に取ったクリーム状の日焼け止めを見て、私はそう提案した。

SPF50+、PA++++、ウォータープルーフ。

海水浴には必要なものだが、普段使いするにはオーバースペックな日焼け止め。

「構わないけど……いいのか？　持ち運びにくいだろ」

どうせ一人じゃ使い切れないと思って提案してみたが、さーやちゃんは何故か遠慮がちな口調だった。

「別にそれくらい問題ないけど……なんで？」

その理由が分からず首を傾げる私に、さーやちゃんは真顔で口を開いた。

「いや、常に持ち歩けるようにしておかないと、巳城に塗ってもらったりするチャンスを逃してしまうんじゃないか？」

「なっ……!?」

さーやちゃんから飛び出た素晴ら……恐ろしいアイディアに、私は衝撃を受けた。

「…………………そ、そんなことしてもらうわけないじゃん！」

「その割には随分と間があったようだが」

じとっとした目でこっちを探ってくるさーやちゃんから、私はさっと顔を逸らした。

別に想像してない。してないから！

「と、とにかく、さすがにそこまで大胆なことはしないし！」

「そうか。ならいいけど」

どこか意味ありげなことを言いながら、日焼け止めを一本だけ手に取るさーやちゃん。

「にしても、せっかくの海なんだし、悩殺するくらいの心意気は持ってほしいもんだな。巳城も碧の水着を楽しみにしてたようだし」

「う……そ、それは頑張るつもりだけど」

さっきの陸の様子を思い出し、ちょっと緊張する。

確かにちょっとハードルが上がっていたし、ここで微妙な水着を着てがっかりされたら辛い。

「ほう、ちなみにどんなのを着る気だ？」

半ば期待してなさそうな表情で訊《たず》ねてくるさーやちゃん。

完全に侮られているが、今年の私はひと味違う。

「今年はビキニを着ようかと。その、ちょっと露出があるやつ」

そう宣言すると、さーやちゃんは驚いたように目を見開いた。

「おいおい……いったいどういう風の吹き回しだ？　どうせまた恋愛チキンこじらせて、せっかくのチャンスなのに無得点で終了だと思ってたのに、随分と冒険するじゃないか」

割とボロカスに言われているが、完全にさーやちゃんが素であるため、悪意がないのが伝わってきて逆に辛い。というかそもそも自覚ありすぎて言い返せないけど。

「失礼な。いつまでもチャンスで凡退する私じゃないんだよ」

覚悟を決めた私を見て、さーやちゃんは訝《いぶか》るような顔をした後、何かピンと来たように頷《うなず》いた。

「そういえば、去年も巳城と海に行ったんだっけ？　その時はどうだったんだ？」

その質問に、私は不敵に笑ってみせた。

「ふ……ワンピースタイプの水着を着ていって無事撃沈だよ。陸は表情一つ変わらなかった」

あの頃は陸を異性として意識し始めたばかりで、自分の気持ちの変化に戸惑っていた時期だったのだが、水着の私を見ても平常心を保っていた彼に、親友相手の恋愛がいかに難しいかを思い知らされたものである。

遠くを見る目をする私に、さーやちゃんは深々と溜め息《たいき》を吐いた。

「やっぱりか……もう失敗してたから積極的になってたんだな。その心意気は買おう」

「うん。あの頃は陸も失恋したばっかりで他の子を見る余裕がなかっただけかもしれないからね」

だから仕方ないのだと、この一年間自分に言い聞かせてなんとかプライドを保ってきた私である。

「なるほど。じゃあ今年の巳城は純粋に碧のことを見てくれるはずだな」

さーやちゃんも私の言葉に同意してくれた。

が、改めてそう言われると逆にプレッシャーがかかる。

「そ、そのはずだよ」

今年の陸は純粋に私のことを見てくれるはず。

――だが、逆に言えば。

この状態でまた去年のように私を意識しなかった場合、もう去年のような言い訳は利かない。

本当にマジで全然私のことを純粋に異性として見ていないという、恐ろしく残酷な現実を叩《たた》きつけられることになる。

「うぅ……急に不安になってきた。やっぱり今年も無難な水着で行こうかな」

勝負のシビアさに気付いた途端、勝つことより負けた時の言い訳作りに走る私である。

「戦う前から負けること考えてどうする。ほら、次は水着選びに行くぞ」

が、さーやちゃんほどの強気な捕手ともなると、投手の弱気なんて許すわけもなく、勝負の場から降りることを見逃してはもらえなかった。

「そ、そうだ、さーやちゃんも同じ水着を着ていかない？　あ、駄目だ……もしそれで陸がさーやちゃんのほうを意識しちゃったら、そっちのほうが言い訳できなくなる」

自縄自縛でドツボに嵌《は》まる私である。もう悪い想像が止まらない。

「ソフトボールの時はピンチでも堂々と投げてたのになあ。何故恋愛だとこうもメンタルが変わるのか」

呆《あき》れ気味のさーやちゃん。

「そう言われても……ピンチに強いからってチャンスにも強いとは限らないんだよ」

自分が投手をやってる時はランナーを背負ったら逆に燃え上がったものだが、打者をやる時はチャンスでも普通に打てなかったらどうしようって不安が頭をよぎってたし。

「ふむ……なるほどな」

頑なになりつつある私に、さーやちゃんは少し考え込むような仕草を見せてから口を開いた。

「まあ、どうしても嫌だというのなら、こっちとしても無理強いできないけどな。ただ、巳城はあんなに碧の水着楽しみにしてたのに、無難なもので行ったらがっかりするだろうなあ」

「う」

改めて陸の期待値を突きつけられ、私は呻《うめ》く。

「それに、忘れがちだけど海って碧以外にも若い女がたくさんいるぞ。しかも、無難な格好を選んだ碧より圧倒的に露出が多い水着を着て」

「うぅ！」

どんどん都合の悪い事実を突きつけられ、私はたじろいでしまう。

「碧にがっかりした状態で、巳城がそんな女子を見たりしたら……」

「め、目移りされる……！」

容易に想像できたその事態に、私は凄《すさ》まじい衝撃を受けた。

海は恋愛を進めるチャンスだと思ってたけど……むしろ陸を他の女子に奪われるピンチなのでは⁉

ぐるぐると脳内で色んな思考が駆け巡り、やがて一つの結論に達した。

「私、やっぱり攻めた水着を選ぶよ……！」

要は陸が私の水着にがっかりしなければ、他の女子に目移りすることもないはず。

なら根本から原因を絶つ……！

「……いやあ、ピンチに強いっていうか、単純で扱いやすいっていうか」

ぽつりと呟《つぶや》いたさーやちゃんの言葉も、ピンチに開き直った私には馬耳東風だった。


そうして迎えたテスト休み初日。

特にトラブルもなく約束の日を迎えた私たちは、待ちに待った海水浴に出発した。

駅前で待ち合わせ、電車に乗り、揺られること一時間。

海水浴場のある駅で降りると、すぐに海風の匂いがした。

「おっ、もう海見えるじゃん！　やべえ、もう泳ぎてえ」

駅から少し歩いたところで、銀司君がハイテンションに声を上げた。

「まずはバイトからだろ。落ち着きのない奴め」

そんな幼なじみを、さーやちゃんが溜め息交じりに窘める。

「何を言う。俺たち部活組にとっては下手したら高校最後の海だぞ？　テンションくらい振り切って当然よ」

「ま、それは確かに。そう考えると楽しまなきゃもったいないか」

さーやちゃんも表情はいつも通りクールなものの、割と浮かれているらしく、銀司君と一緒に少し早足で海のあるほうに進んでいく。

「飛ばしてるなあ、部活組は」

そんな二人の後ろ姿を見ながら、陸が苦笑していた。

「そうだね。楽しそう」

陸と二人、ゆっくりとさーやちゃんたちの後を追う。

「やっぱり碧も早く泳ぎたいか？」

「わ、私はもうちょっと後でいいかな」

陸の質問に、私は少し挙動不審になりながら答える。

その理由は一つ。

買ってしまったのだ、あれを。

海における必須《ひっす》装備にして恋愛における強力アイテム——即ち、ビキニ。

あの後、さーやちゃんに乗せられるがままに水着売り場に直行し、熱に浮かされるように普段の自分じゃ絶対に買わないような大胆なものを選んだ。

が、少し時間が経ち、冷静になってみると改めてこれを着るのかと怖じ気づいていたりする。

分かった上で買ったんだけど、ほぼ下着だよ……あれ。よくみんな平気で着られるよ。

正直、相当無理しないと着られる自信がない。

「碧？　どうしたんだ、顔赤いけど暑いか？」

熱中症にでもなったと思ったのか、陸は心配そうに私の顔を覗《のぞ》き込んでくる。

「そ、そんなことないよ！　身体のほうは問題ないから！」

私は慌てて笑顔を作り、健康をアピールした。

が、陸はまだ心配そうな顔をする。

「本当か？　無理してないよな？」

「大丈夫、まだしてないから！　無理するのはこれからだし！」

「これからする予定なの⁉　やめたほうがいいぞ！」

陸に止められ、一瞬怯《ひる》む。

「う……そうだよね。無理はよくないよね」

「お、おう。この暑さだしな。無理はよくない」

「うん……無理せず、なるべく厚着するよ」

「なんで⁉　無理に拍車がかかったんだけど！」

ビキニしか水着を持ってきてないけど、上からパーカーを着よう。

そんな決意をしていると、一足先に浜辺にたどり着いた銀司君から声が掛かった。

「おーい、二人とも。早く来いよ！　めっちゃビーチ綺麗《きれい》だぞ！」

気付けば、だいぶ差が開いてしまっている。

それで正気に返った私は、咳払《せきばら》いをして背筋を伸ばした。

「こほん。とりあえず私は問題ないので、早く行こうか」

「お、おう。碧が大丈夫ならいいけど」

まだ釈然としない様子の陸を伴い、私は歩く速度を上げて道を進む。

そうして部活組に追いつくと、目の前に広がる光景を見渡した。

「わぁ……」

思わず、私の感嘆の声が零れる。

太陽を乱反射して輝く青い海と、白い砂浜。潮騒と海風。

一年ぶりに味わう海の雰囲気に、自然とテンションが上がっていく。

「おお……やっぱバイト前にちょっと泳いじゃ駄目かな？」

「駄目に決まってるだろうが。先にバイト先に挨拶《あいさつ》に行くのが筋だ。お前の親戚《しんせき》なんだから、お前が案内しないと始まらんだろう」

私以上に目を輝かせる銀司君を、さーやちゃんが窘《たしな》めた。

「むぅ……仕方ない。付いてきてくれ」

それでなんとか理性を取り戻したらしく、銀司君は私たちを先導して歩き出す。

彼に続いて歩いていると、数分ほどで目的地にたどり着いた。

簡素な木組みで作られた、二階建ての海の家。

看板には『海神屋《わだつみや》』という店名が掲げられていた。

「お邪魔しまーす。信吾《しんご》さんいますかー？」

銀司君が呼びかけると、中からエプロンをかけた男性がやってきた。

日焼けした肌に、人の良さそうな柔らかい笑みを浮かべるおじさん。

どうやら、この人がこの店の店長さんらしい。

「おー、銀司か。よく来てくれたな。沙也香ちゃんも久しぶり」

店長さんが銀司君に続いてさーやちゃんにも挨拶する。

親戚ぐるみの付き合いと聞いていたが、どうやら面識があったらしい。

「はい。お久しぶりです、信吾さん。こっちの二人を紹介しますね。私たちの友人の西園寺碧と巳城陸です」

さーやちゃんは会釈を返すと、私たちを一瞥《いちべつ》してから紹介してくれた。

「よろしくお願いします」

「お願いします」

私と陸がそれぞれ挨拶すると、店長さんは気さくな笑みを浮かべた。

「ああ、よろしくね。私はこの海の家の店長をやっている国親《くにちか》信吾だ」

そして店長さんは私たちを見回した。

「じゃあ改めて。急な話なのに、四人ともよく来てくれたね。本当に助かるよ。この前、ついうっかり腰をやってしまってね。すぐ治ったから大丈夫って言ったんだけど、妻に歳なんだから無理するなと言われてしまったよ。はは」

腰をさすりながら、店長さんが苦笑を浮かべた。

どうやら、それで臨時にバイトが必要になったらしい。

「それならゆっくりしてたほうがいいんじゃないですか？　作業があるなら、やり方だけ教えてくれれば俺たちがやりますよ」

怪我と聞いて心配になったのか、陸がそう申し出る。

「ああ、助かるよ。仕事ならもう一人バイトを雇ってるから、その子から聞くといい。今は外にアイス売りに行ってるけど、もうすぐ帰ってくるはずだから」

そんな話をしていると、店の奥からドアが開く音がした。

「ただいま戻りましたー。いやー、めっちゃ売れました。あとナンパめっちゃしつこかったです！」

どうやら裏口があるようで、店の奥からは若い女の子の声が聞こえてきた。

あれ、この声……どこかで聞いたことあるような。

「お、噂をしたら……ちょうどバイトの子が戻ってきたみたいだから紹介するよ。おーい、ちょっとこっち来て」

頭の中に妙な既視感がよぎる中、店長さんがバイトの子を呼ぶ。

「はーい。どうしました？」

――そうして、その少女は唐突に現れた。

天使のような明るい金髪に、同性でもつい見惚《みと》れてしまうような人形めいた整った容姿。

そして、そこに浮かぶ人なつっこい笑み。

それを見て、私と陸が同時に息を呑《の》んだ。

知っている。この顔を、笑みを、声を。

だってそれは、一年前まで、ずっと私たちの隣にあったものだから。

「香乃……」

愕然《がくぜん》とした表情で呟く陸。

無理もない。私も同じ気持ちだ。

「あれ、陸に碧？　久しぶりじゃん、こんなところで何やってるの？」

何事もなかったかのように、彼女はフレンドリーに接してくる。

だけど、私と陸は答えられない。

だって彼女は、東雲香乃は――

――中学の時、陸に告白された女子なのだから。

プロローグ2。

「いや、付いてくるなって。今日は友達と約束がある日なんだよ」

放課後。

学校の校門を出た俺は、当然のように隣に並ぶ奴のほうを見て渋い顔をする。

「つれないこと言うね。なら友達に私を紹介する日にしてみない？」

香乃はまるで響いた様子もなく、しれっと俺の隣をキープして歩いていた。

こいつと知り合ってから一ヶ月。

最初は死ぬほど人付き合いが悪い奴かと思っていたが、一度心を開くと必要以上に人なつっこい性格をしていた。

「さてはお前……ぼっちなせいで、他人との距離の取り方を知らないな？」

「ぼっちじゃないです。元ぼっちです。そしてこれから更に友達を増やすために行動しているところです」

俺の辛辣《しんらつ》な言葉もなんのそのである。

「もう好きにしてくれ……」

こうなった香乃は止められない。俺は溜め息《たいき》一つ吐いてから諦《あきら》めることにした。

まあ今日は碧と遊ぶだけだし、あいつも別に香乃を連れてきたくらいで嫌な顔はしないだろう。

「よしよし。いやあ、陸が前に言ってた『顔がいい親友』とやら、一度見てみたかったんだよねー。私程度じゃ心が動かなくなるほど美人って話だし」

「……もしかして、俺があの時、あいつを引き合いに出したの、地味に気にしてたのか？」

「さて、なんのことでしょう」

しれっと言うが、絶対図星だ。

香乃は顔がいいせいでトラブルに巻き込まれるのを嫌がるくせに、それはそれとして自分の見た目にはプライドを持っている。

俺が碧を引き合いに出して、その長所を鼻で笑ったのが気に食わなかったらしい。

直接目で見て、どれほどのものか確かめてやるつもりのようだ。

「付いてくるのは止めないけど、頼むからいきなり喧嘩《けんか》売るようなマネはやめてくれよ」

一応、釘《くぎ》を刺すと、香乃は心外なことを言われたようにむくれた。

「あはは、面白いこと言うなあ、陸は。初対面の人間に喧嘩腰《ごし》で接するようなこと、するわけないじゃん」

「あはは、確かに。そんな失礼な奴、存在するわけないよな。少なくともそんな奴と友達になるほど俺は物好きじゃねえし」

お互い笑顔を作りながらも、バチバチに火花を散らす。

そんな不毛なやりとりをしながら歩いていると、待ち合わせ場所であるバッティングセンターに着いた。

「おーい、陸！」

一足先に到着していたらしい碧が、俺を見るなり笑顔で手を振ってきた。

「悪い、待たせたな」

「ううん。日直なら仕方ないよ……って、東雲さん？」

碧は俺の隣に当然のように並ぶ香乃の存在に気付いたようで、驚いたように目を見開いていた。

「……どうも」

さっきまでの勢いはどうしたのか、香乃は何故か俺の背に隠れながら言葉少なに応じた。

「おい、無理やり付いてきたくせに、何隠れてるんだ」

「隠れてなんかないし！　誤解を招くこと言うのやめてもらえるかな！」

香乃は俺の背中をぽこぽこと叩《たた》く。

その様子に、俺はピンとくるものがあった。

「まさかお前、そんな性格してるくせに人見知りなのか？」

「む」

ちょっと煽《あお》るように言ったのに、反論してこなかったのは図星だったからだろう。

「やっぱりか。この内弁慶め」

そうだよな。クソ無愛想だって風評立ってたし、友達いないもんな。

人目を引く容姿を持ち、俺ともよく喋《しゃべ》るから忘れがちだが、こいつはぼっちである。

初対面の人間と接するのが得意なわけがない。

「うるさい。それにしても……」

俺への反論は諦めたのか、じっと値踏みするように碧を見る香乃。

「な、なに？」

突然の不躾《ぶしつけ》な視線に困惑した様子の碧。

しかし、そんな彼女を見て、香乃は少し悔しそうに唇を尖《とが》らせた。

「むぅ……確かに可愛い。これなら陸の目が肥えるのも分かる」

「だろ？」

親友を褒められて少し得意げになる俺であった。

「ええと、よく分からないけど、陸って東雲さんと友達だったんだね」

どう見ても不審な香乃に対しても、優しく接する我が親友。

それに心を開いたのか、香乃も俺の背中から顔だけ出してこくりと頷《うなず》いた。

「まあ、そうだね。陸がどうしても友達になりたいって言うから」

「おい」

睨《にら》んでみせるも、香乃は素知らぬ顔でふいっと視線を逸らした。

それを見て、碧が楽しそうに笑う。

「あはは。東雲さんって思ったより取っつきやすそうな人だったんだね」

「いや、それは気のせいだ。こいつほど取っつきにくい奴はいない」

騙《だま》されかけた碧の目を覚ますべく忠告すると、香乃が再び俺の背中を叩いてきた。

「バカ陸！　せっかくいい印象持たれてるのに、台無しにしようとするんじゃないの！」

「そう思うなら、人を盾にしないで自分で向き合うんだな」

香乃の肩を摑《つか》んで無理やり前に出す。

「なっ」

逃げ場をなくした香乃は戸惑うように目を泳がせるも、やがて観念したように碧と向き合う。

「……お互い、陸の友達みたいだし、私とも仲良くしてくれると嬉《うれ》しいです」

消え入りそうな声で、恥ずかしそうにそう口にする香乃。

それを聞いて、碧も優しく頷いた。

「うん。こちらこそよろしくね、東雲さん」

そんな二人を見て、俺は小さく胸をなで下ろした。

まったく、手のかかる奴め。


これが、三人の時間の始まり。

楽しくて、明るくて、俺の中学時代で最も輝いていた一時。

——振り返ってみれば、この時だったのだろう。

俺と香乃の関係に、終わりが定められたのは。

二回表 ▼▼▼ 初恋は台風のように。

——とりあえず更衣室のロッカーに荷物置いて、着替えてきなよ。

再会の衝撃も冷めやらぬまま、俺たちは店長の指示によってそれぞれ更衣室へと送り出された。

俺も、不意打ちから心を立て直すための時間が欲しかったので、ありがたくその申し出を受け入れることに。

「はあああぁぁ……びっくりしたぁ……！」

更衣室のドアを閉めるなり、俺は深々と溜め息を吐いて精神的な衝撃を逃がす。

「あの子……香乃ちゃんだっけ？　陸の知り合いか？」

そんな俺に、事情を知らない銀司が少し困惑したように訊《たず》ねてきた。

「あー……そんな感じ」

「ま、話したくないなら聞かないけどな」

曖昧《あいまい》に言葉を濁す俺に、何か訳ありと見たのか、銀司はすぐに踏み込むのをやめた。

その気遣いは彼らしいが、正直事情を話して相談に乗ってもらいたい気持ちもあるので、俺は心を整理してから改めて口を開いた。

「いや、いいよ。お前には半ば言ってるようなもんだしな」

「どういう意味だ？」

心当たりがないのか、銀司が眉根《まゆね》を寄せた。

「この前、中学の時に女子にフラれたって言っただろ？」

それだけで伝わったらしく、彼は何かを察したような顔をした。

「まさか、彼女がその時の？」

「そういうことだ」

俺が溜め息交じりに銀司の推測を肯定すると、彼は気の毒そうな苦笑を浮かべた。

「そりゃ気まずいなあ……大丈夫か？」

「あんまり大丈夫じゃないです」

とはいえ、せっかくの海だ。俺の個人的な問題で暗い雰囲気にするのは本意じゃない。

特に、去年は肩を壊した直後で思いっきり楽しめなかったはずの碧には、今年こそ心から楽しんでもらいたいし。

そう考えると、むしろ中学の時に仲がよかった友達に再会できたというのは、碧的に見ていいイベントじゃね？　あの二人の間にはなんの因縁もないんだし。

うん、俺の精神面を除けばいいことずくめだ。

「じゃあ俺は先に行ってるから、陸は心の整理がついてから来いよ」

「おう……」

先に着替えを終えた銀司は、俺を一人にしてくれようとしたらしく、先に更衣室を出た。

その厚意をありがたく受け取った俺は、何度か深呼吸を繰り返して自分の気持ちを落ち着けようとする。

「ふう……あんまり泣き言を言っても仕方ないか」

おかげで平常心を取り戻した俺は、ようやく店の制服に着替える。

と言っても、店のロゴが入った黄色いTシャツというだけで、下は水着を穿《は》くのが海神屋の正装らしい。

俺が着替えて更衣室を出ると同時に、向かいにある女子更衣室のドアも開き、女子二人が出てくる。

「あ、陸。ちょうどいいタイミングだね」

俺を見てぱっと表情を明るくしたのは碧だ。

彼女も水着の上からTシャツを着ているのだが……なんというか、割といい。

Tシャツ姿なんて普段からよく見てるのに、すらりとした白い足と、シャツの下には水着を着ているという情報を知っているからか、そこまで露出も多くないのに、なんか妙にドキドキする。というかぐっとくる。

「そ、そうだな。女子はもうちょっとかかると思ったけど」

「あはは。私たち、二人とも最初から下に水着を着てたから」

ちょっと照れたように笑う碧。可愛い。

と、そこで二条が意味深な目を向けてきた。

「碧、今年は巳城のために大胆なビキニにしたんだぞ」

「え⁉」

「さ、さーやちゃん！」

唐突な爆弾情報に驚く俺と、真っ赤になる碧。

が、当の二条は友人の非難もなんのその、不敵な笑みを浮かべて店長がいるほうへ向かってしまった。

残されたのは、俺と碧と爆弾情報のみ。

ビキニ……碧が着てるのか、今あのシャツの下に。

あんまり見過ぎると下心がバレると思い、目を逸らすが、それが逆に意識しているのを諸に伝えてしまっている気がする。

海神屋

「そ、そんなハードルあげられても困るからね!? 普通のビキニだから！」

「お、おう」

赤い顔のまま釘《くぎ》を刺してくる碧だが、やっぱりビキニなのかと思うと、さっきよりTシャツの下に意識が行ってしまう……！

やばい、マジで下心がバレそうで困る。なんとか話題を逸らさなければ！

「そ、そういえば香乃がいたな！ 久しぶりに会えてよかったわ！」

咄嗟《とっさ》に出たのは、俺にとって今最もセンシティブな地雷《わだい》。

何故よりによってこれを……！ 自分で言って自分で心にダメージを受ける俺であった。

「そ、そうだね……すごい偶然」

そして、何故か碧もダメージを受けたように沈んだ表情をした。

さっきまであんな浮ついた空気だったのに、一瞬でお葬式みたいになる謎の状況である。

数秒、沈黙が流れる。

それを、碧が意を決したような表情で破った。

「あの、陸はまだ――」

「おーい、まだかー？」

碧が何か言いかけた時、店頭のほうから店長の声が聞こえてきた。

話の腰を折られた碧はがくっとしていたが、すぐに苦笑を浮かべる。

「……行こっか」

「ああ」

碧が何を言おうとしたのかだいたい分かるし、俺もそれにちゃんと答えたかったが、この状況でするような話でもない。

そう諦《あきら》めて、店長たちが待つ場所へ向かった。

そこにはやはり、さっきと何ら変わらない表情の香乃がいる。

「揃《そろ》ったね。これから香乃ちゃんが仕事を教えてくれるから、みんなちゃんと覚えるように。俺は仕込みしてるから、何かトラブルがあったら知らせてくれ」

そう告げると、店長は足早に厨房《ちゆうぼう》に引っ込んでいってしまった。

残されたのは、気まずい空気の俺と碧、様子見モードの二条と銀司、そして平常運転な香乃だった。

不意に、香乃と目が合う。

「…………」

あの気まずい関係破綻《はたん》から一年。

いったい、どんな会話をすればいいのか。

「じゃ、仕事教えるねー。まずは仕事の流れを覚えてもらうから」

だが、俺の緊張などどこ吹く風か。まるで何事もなかったかのように仕事のレクチャーを始める香乃。

「私たちはだいたい接客がメインね。あと業者が来たら食材の受け取り。他にも瓶ビールがケースで来たりするから覚悟しといて」

拍子抜けする俺とは対照的に、香乃はすらすらと仕事の説明をしていく。

と、そこまで話してから香乃が碧を見た。

「これが結構重いんだけど……碧はできそう？　まだ肩悪い？」

「ええと」

碧も香乃に対して身構えていたのか、ごく普通に仕事の話をしてくる昔の友人に、戸惑った様子を見せていた。

「碧はまだ駄目だ。その分は俺がやる」

このままじゃ流されて肩に悪い仕事を引き受けかねない。

そう感じた俺は、なんとか気まずさを打ち破って口を挟んだ。

「ん、了解。なら碧と私の分は陸にやってもらうことにするね」

「おい、さらっと余計な仕事が増えてんぞ。なに自分の仕事まで俺に押しつけてんだ」

じと目でクレームを入れると、香乃は不満そうな顔をした。

「ちっ……バレたか。じゃあいいや。次は接客だけど――」

香乃が次の説明に移るのを聞きながら、俺は内心で息を吐く。

正直、ほっとした。

唐突な再会でどうなることかと思ったが、仕事という共通の話題があるおかげで、とりあえずのコミュニケーションは取れる。

これなら最低限はなんとかなりそうだ。

「……陸」

そんなことを思っていると、碧が小声で名前を呼んできた。

彼女は少しだけ申し訳なさそうに俺を見上げている。

「ありがと。ごめんね、力仕事任せちゃって。あとで何かお礼するね」

「あ、それなら休憩時間になったら二人で遊ぼう。一人で海を見ても暇だからな」

お礼にかこつけて碧を誘う。

香乃との再会は予想外で驚いたが、俺が見るべきなのはあくまで碧だ。

そんな意思を込めてのお誘いに、彼女は一瞬だけきょとんとしてから微笑を浮かべた。

「もう。それじゃお礼にならないじゃん」

はにかむように笑う碧を見て、香乃との再会から重くなっていた気持ちが軽くなるのを感じるのだった。


そうして香乃のレクチャーも終わり、ようやく迎えた休憩時間。

「碧の休憩まで、あと三十分か」

シフトの都合で碧と休憩時間がずれた俺は、微妙に時間を持て余してしまった。

せっかくの海ということで浜辺を歩いてみるが、意外と一人ではやることがないのが海という場所である。仕事の合間じゃ泳ぐこともできないし。

「おーい、陸」

ぼんやりと海を眺めていると、後ろから声をかけられた。

碧が早めに仕事を終えたのか、と思って振り向く。

「うげ」

だが、そこにあったのは碧とは違う見知った顔。

即ち、香乃である。

「いやあ、ちょうどいいところに」

俺の嫌そうな態度は目に入っているはずなのに、まるで気にすることもなくフレンドリーに話しかけてくる香乃。そういや昔からこういう奴だった。

「……何の用だよ」

仕事抜きでの対話となると、やはり気まずさは拭《ぬぐ》えない。

迷惑だというオーラを全開にして応対するも、香乃は気にした様子もなく話を続けた。

「今からビーチバレーをするつもりなんだけど、陸もどうかなって」

「遠慮しとく。メンツが足りないなら他の奴を誘え」

「大丈夫。足りないのはメンツじゃなくてボールだから」

「大丈夫じゃねえよ！　なんでボールの代わりに俺のこと誘ってんの⁉　恐ろしく残虐なゲームやるつもりじゃん！」

思わず戦慄《せんりつ》する俺を見て、香乃は楽しそうに笑った。

「なんだ、元気じゃん。なんか久しぶりに会ったのにずっとテンション低いから、熱中症にでもなったのかなって心配だったんだよね」

「心配の仕方が歪《ゆが》んでんだわ！　この上なく健康体だから二度と誘うな！」

「ふーん。健康ならいいけど。じゃああれ？　もしかして私にフラれた時のことでも思い出してた？」

「どうやら図星みたいだね？」

思わず硬直する俺に、香乃は得意げな顔をした。

「……お前、よくそんながっつり踏み込めるな」

肺の中で固まった空気を押し出すように息を吐き、俺はなんとかそんな言葉を絞り出す。

「ふふっ、まあもう昔のことだからね。もしかして陸は引きずっちゃってたりする？　まだ私のこと好き？」

一本取ったのが嬉《うれ》しいのか、デリケートな話題に触れてるのに上機嫌な香乃。

「好きじゃねえし引きずってもねえよ。ちょっとびっくりしただけだ」

正直、複雑な感情はあるが、まあ香乃が引きずってないならそれでいい。

「つーかお前はそろそろ休憩終わりだろ。さっさと店に戻れ」

「はーい」

俺のことをからかうだけからかってすっきりしたのか、香乃はくるりと踵《きびす》を返して店に戻ろうとする。

と、その時だった。

「そこのお姉さん、暇？　時間あったらちょっと話し相手してくんない？　そこで奢《おご》るからさ」

俺から離れて三メートルもしないうちに、香乃がナンパ男に絡まれていた。

「いやあ、今はちょっと」

「そう言わずにさあ」

しかもしつこい手合いらしく、香乃が断っても食い下がっていた。

俺は溜《た》め息《いき》を吐くと、仕方なく香乃の下へ向かう。

「すみません。こいつうちの店員で、今から仕事なんで放してもらっていいですか？」

二人の間に割って入ると、ナンパ男が鼻白んだ表情を見せた。

「あ、そう？　ま、仕事なら仕方ないか」

これ以上粘っても成果に乏しいと見たか、ナンパ男は引き下がった。

「いやあ、助かったよ。さすが陸、頼りになる」

香乃はあっけらかんとした様子でお礼を言ってくる。

「お前、またナンパされまくってるのか」

「うん。実はこの休憩時間だけで四回声かけられた」

昔もモテてモテて仕方ない奴だったが、高校生になって更にパワーアップしたらしい。

「仕方ないな……俺が海の家まで送っていくよ」

　このままでは仕事に支障が出ると判断した俺は、ナンパ避けの役割をすることにした。

「ボディーガード助かります。いやあ、昔を思い出すね」

「……そうだな」

　昔も一緒に出かける度にこいつがナンパされて、俺が必死にそれを追い払うというのが定番イベントだった。

「ま、あの時はボディーガードが私に惚《ほ》れるという、予想外の結末だったけどね！」

「ガンガン古傷抉《えぐ》ってくるのやめてもらっていいっすかね！　放置すんぞコラ！」

「あ、それは困る。このペースでナンパされまくったら、絶対遅刻しちゃうから」

　それが事実であると分かるのがこいつの恐ろしいところだ。

「お前、海の家で働くの向いてねえよ……よりによって、なんでこんなところで働いてるんだ」

　よく考えたら、鬱陶《うっとう》しいくらいナンパされるのは分かっているだろうに、どうしてわざわざこんなところで働くことにしたんだ、こいつは。

「確かにナンパはうざいけど、それでやりたいことできなくなるのも嫌だなって思ってね。あえて苦手に飛び込んでみたわけよ」

　そう言われて、俺はあまりの意外さに虚を衝《つ》かれた。

昔はそういう恋愛絡みが鬱陶しいからと、ほとんど友達も作らなかった奴なのに。

「……変わったな、お前」

そう評価すると、香乃は少し柔らかく笑った。

「ま、少しはね？　まさか、そのおかげで陸や碧とこんなところで再会するとは思わなかったけど」

やたら楽しそうな香乃に、俺は渋い顔を返した。

「本当にな。不幸な事故だわ」

「なんですと。あ、もしかしてまた私に惚れた上にフラれちゃうんじゃないかって怯《おび》えてたり？」

「いやー、同じ地雷を二回は踏まないかな」

「誰が地雷だよっ、このこの！」

ぺしぺしと背中を叩《たた》いてくる香乃の行動をスルーして、俺は一刻も早くこの厄介な荷物の輸送を終えるべく早足で進み続けるのだった。

そうして二十分後、俺たちは海の家に到着した。

そう、二十分後である。

「疲れた……男連れでも容赦なくナンパしてくる奴の多いこと」

ようやく任務を終えた俺は、疲労感たっぷりの溜め息を吐く。

たった数百メートルの距離にもかかわらず、三回もしつこいナンパに遭ってしまった。

「陸程度の男からならあっさり奪えると思ったんだろうね、ドンマイ」

「お前がこの後シフトに入っていなければ、容赦なく差し出してやってたのにな」

からかうような香乃に、俺は溜め息交じりで言い返す。

こりゃ碧と歩く時にも気をつけないと駄目だな。

「そんなこと言いつつ、ちゃんと連れてきてくれるツンデレさんめ。ま、助かったよ」

「おう。店の中でナンパされそうになったら銀司を頼れ。あいつがなんとかしてくれる」

「ん、了解」

そんな話をしていると、店の中から誰かが出てきた。

振り向くと、そこにいたのは碧。

「あ、陸。お待たせ」

彼女は俺を見てパッと表情を明るくしたものの、隣に香乃がいるのを見て固まる。

「……香乃と一緒にいたの？」

さっと顔が青ざめる。

やばい、これ変な誤解を招いてるんじゃないか？

「いや別に、一緒にいたっていうかたまたま会ったたってだけだから」

早口になりながら必死に弁明する。

と、それを見て何を思ったのか、香乃がきょとんとした顔で俺と碧を見比べ、それから何かを察したように、にやりと嫌な笑みを浮かべた。

「ほう……ほうほう！　なるほど、今はそうなってるんだ。ふーん」

それを聞いて、俺も香乃の考えを察してしまう。

こいつ、俺が碧を好きだってこと、今のやりとりだけで気付きやがった……！

「すまん！　碧、ちょっと待っててくれ！　香乃、来い！」

「え、あ、うん」

俺は碧に断りを入れると、香乃を店の裏まで無理やり連れていく。

「もー、なに？　私そろそろ休憩終わるんですけどー？」

にやにや笑いながら、白々しい言葉を吐く香乃。

「やかましい。用件なら分かってるだろ」

「さあ？　何を言ってるかよく分からないよ。あ、話変わるけど、まさか陸が碧を好きになるとはねえ」

「話変わってねえんだわ！　地続きで本題入ってきてるからね！」

謎のフェイントを入れてから核心に触れてくる香乃。

「まったく……お前は昔から妙なところで鋭いから困る」

深々と溜め息を吐く俺に、香乃は肩を竦《すく》めてみせた。

「そういう陸は昔から妙なところで鈍いよねえ」

「……何がだよ」

香乃の言葉に不審な響きを感じた俺は、嫌な予感を覚えながら訊《たず》ねる。

すると彼女は、半ば呆《あき》れたような表情を作って口を開いた。

「あのね、碧は陸が私のこと好きだったことを知ってるんだよ？　なのに、無理やり私を連れ出して、二人っきりになるところなんて見たら……ねえ？」

言われて、俺はようやくそこに思い至った。

あれ……もしかして、さっき招いた誤解に、俺がお墨付き与えちゃった？

血の気が引く俺の肩に、何故か楽しそうな香乃がぽんと手を置いた。

「いやあ、陸は今も昔も恋愛で苦労するね？」

「どっちもお前のせいだけどな！」

――こうして、夏の海イベントは波乱の幕開けをするのだった。

二回裏 ▼▼▼ 好きな人が好きだった人。

「香乃が陸に大接近しててやばいです」

海バイト初日の夜。

宿泊場所として用意された国親家の和室で、私は真剣な表情でさーやちゃんと向き合っていた。

「……巳城の初恋の子だっけか。確かにまずいかもな」

さーやちゃんもこれまでにないほど深刻な表情で、これが非常事態なのだと認めた。

ここは女子に与えられた一室だが、香乃は原付で自宅から通っているため、私とさーやちゃんしかいない。

男子組も離れの部屋に宿泊しているので、今ここは秘密基地状態である。

それを利用して、今のうちに作戦会議をしておきたいところだ。

「い、一応、陸はもう香乃のことなんとも思ってないって言ってたけど」

なんとかプラス要因を絞り出す私だが、その口ぶりは我ながら弱々しい。

当然、さーやちゃんの表情も暗いままだ。

「今はそう言ってるだろうが、いつ焼けぼっくいに火が付いても不思議じゃないぞ。あの子、私から見てもすごく可愛いし、久しぶりに会ったことで『あれ、ちょっと大人っぽくなった？』的な新鮮味もあるし」

「うぅ……」

説得力のある懸念に、私は呻《うめ》くことしかできなかった。

楽しいはずの海が、どうしてこんなことに。

「まあ、巳城の本命は碧のはずだから大丈夫だと思うけど……」

励ましの言葉を口にしながらも、さーやちゃんの表情には危機感が滲《にじ》んでいた。

無理もない。香乃はそれくらい可愛い。

正直、私が男だったら絶対私より香乃を選ぶし。

「……いよいよ、覚悟を決める時が来たのかもしれないな」

重々しい口調で、さーやちゃんがぽつりと呟《つぶや》いた。

「覚悟……って？」

その深刻な雰囲気に、私は自然と背筋を伸ばした。

そんな私を、さーやちゃんは真っ直ぐ見つめ返してくる。

「碧、ここで決めるんだ。いつまでもだらだらしてないで、スパッと告白して決着を付けろ。まだ巳城の気持ちが東雲さんに向いてないうちに」

「こ、告白……！」

　その決定的なワードに、私は思わず息を呑《の》んだ。

　そんないきなり……でも、確かにそれしかないのも事実。

　このまま手をこまねいていて、陸の気持ちが香乃に傾いていくのを見ているだけなんて、そんなの一生後悔するし。

「わ、分かったよ」

　元々、この海では陸との関係を進めるつもりだった。

　私はぎゅっと両手を握りしめ、自らの決意を言葉にする。

「私、この海できっと陸に告白してみせる……！」

　そうして、通算何度目かになるか分からない告白の覚悟を決めたのだった。


　翌日。

　まだ本格的に夏休みに入っていないこともあり、海の家のお客は少ない。

　私たちは見習い期間なのもあり、今日のバイトは午前中だけで終了した。

午後からは自由時間になったため、私と陸は浜辺で待ち合わせをして遊ぶことになっている。

「なんとか告白にまで持っていけるよう頑張らなきゃ……！」

バイト中に着ていたTシャツを脱ぎ、ビキニ姿になった私は、確固たる決意を持って浜辺に出た。

ピッチングでもいきなり勝負球を投げるような真似はしない。まずは見せ球を使って勝ちやすい状態を作るのが勝負のコツだ。

なお、一年近くまともに勝負せず見せ球を投げ続けてるだけじゃん、という正論は受け付けないものとする。

とにかく告白しやすいシチュを作ることを目標として、私は陸を探し始めた。

「やっぱり最初はマリンスポーツから提案してみよう……！」

昨日、少しだけ調べたところ、この浜辺にはいくつか男女二人で行くのにおすすめのスポットがあるという。

西の浜でやっているマリンスポーツ、南東にある撮影スポットの入り江、東にある白い砂浜。

この三段構えで、陸を攻略してみせる……！

そんな気合いを込めて西の浜を見ると、ちょうどそこから陸が歩いてくるのが見えた。

「あ、陸――」

駆け寄ろうとした私は、思わず足を止めてしまう。

「香乃……⁉」

陸の隣に、何故か香乃がいたからだ。

楽しげな香乃と、それに渋い顔を返しながら満更でもなさそうな陸。

まるで中学時代を思い出す一幕に、私の心臓は大きく跳ねる。

「ど、どどどどういうこと……⁉」

ま、まさか二人でマリンスポーツしに行ってたとか？　カップル御用達のスポットで？

どうしよう、ここは二人の接近を阻止するために、馬鹿な振りして声かけにいっちゃうべき？　でも、それで嫌な顔されたら心が粉々になっちゃうし！

と、私が思考の迷路で迷っているうちに二人の話は終わったのか、香乃が軽く手を振って去っていった。

反射的にほっと安堵《あんど》の息を吐く。

一拍遅れて、自分の情けなさにめっちゃへこんできた。

「か、完全に気後れしてるんだけど……」

自分の頬をパチンと両手で叩《たた》いて気合いを入れ直す。

いけない、私は勝負するためにここに来たんだから、頑張らなきゃ！

そんな誓いを秘めて笑顔を作り、足早に陸の下へ向かった。

「陸、お待たせ」

背後から声をかけると、彼はこっちに振り向いてから、驚いたような表情をした。

「お、おう。遅かったな」

そして、妙にぎこちない態度で目を逸らす陸。

え、もしかして香乃が近くにいる状況で私と二人きりになるの、ちょっと嫌だなとか思われてる？

「ええと、何しようか？」

こっちを見ないまま、陸はそんなことを言った。

その態度に不安と不満を持ちながらも、なんとか押し殺して会話に応じる。

「あっちのほうでマリンスポーツやってるって聞いたけど、行ってみない？」

あえて、私は予定通りマリンスポーツを提案してみた。

これで陸の反応を見ようという腹である。

「あー……それはちょっと。さっき見てきたけど、あんまりよさそうじゃなかったっていうか」

「そ、そう……」

覚悟はしていたものの、動揺して声が裏返っているのが自分でも分かる。

うぅ……やっぱり香乃と行ったんだ。

今までの私ならここで怖じ気づいて黙っただろう。が、今日は告白を成功させるのだという強い意志を持ってここに来ている。

「それなら、あっちの入り江は？　地元では有名な撮影スポットなんだって」

用意していたプランBを披露する。

こっちもカップルの人気スポットだ。これなら陸も納得してくれるはず。

「そっちもやめておいたほうがいいかな……」

が、プランBもあえなく撃沈したのだった。

陸がこんなに私の提案を断るなんて珍しい。

いったいどうして……いや、まさか。

「そっちも行ったの……？」

「まあ、マリンスポーツの前に時間あったから、ちょっと見るくらいだったけど」

やっぱり香乃と行ったっぽいー！

なんということだろう、私が手をこまねいているうちに、陸と香乃がそこまで接近してしまったなんて……！

「碧、あっちのほうによさそうなところがあったんだけど、そっちに行かないか？」

私が黙ったのを見て、陸があらかじめ用意していたらしい提案をしてくる。

「う、うん。任せるよ」

完全に動揺しまくった私は、プランCを披露する気力もなくただ頷《うなず》いたのだった。

そうして歩くこと数分。

陸が連れてきたのは、家族連れたちが楽しむ一角だった。

ロマンとかムードみたいなものはなく、賑《にぎ》やかで楽しいだけのお手本のような海水浴場。

「この辺もまだ人が少ないんだな。本格的な夏休みに入る前に来て正解だった」

ちらほらと見える家族連れを眺めながら、陸は安堵したように呟いた。

相変わらず私のほうはあまり見ようとしない。

これはあれだろうか、やはり香乃に誤解されるのが嫌で、私と距離を取っているということなのだろうか。

そう思うと、気分もどんよりしてくる。

「どうした、碧。暑さにやられたか？」

そんな私の変化を体調不良と思ったか、陸が心配そうに見てきた。

「えと、ちょっとね」

私は内心を隠して曖昧《あいまい》に答える。

「じゃあ、あの屋台に行こうか。パラソルあるし、少し休んでいこう」

陸はかき氷の屋台を指差すと、自然な動作で私の手を引いて歩き出した。

って、なんか普通に手繋《つな》いでるし……！

「あ、あの、陸」

「ん、どうした？　歩くの辛いか？」

陸は純粋に私を心配しているらしく、手を繋いでいることには意識が向いていない。

ここで体調悪いって言ったら、またお姫様抱っこまでしてくれそうな勢いだ。

「う、ううん。かき氷、何味がいいかなって」

お互い水着なんて肌面積が広い状態でお姫様抱っこなんて心臓が破裂する。

私はさっきとは別の意味で内心を取り繕いつつ、陸に手を引かれて屋台に向かった。

「どうせレモンだろ？　いつもそうだし」

「そういう陸は絶対ブルーハワイだよね」

ちょっとからかうように言う陸に、私も同じ調子で返す。

ようやくいつものノリで話せるようになって、平常心が戻ってきた。

少し軽くなった足取りで屋台にたどり着く。

「いらっしゃい。お、カップルかい？」

私たちが繫いだ手を見た店主が、微笑ましいものを見るような目をする。

や、やっぱりそう見えるよね。ちょっと恥ずかしい……嬉《うれ》しいけど。

「いや、友達ですよ。レモンとブルーハワイください」

が、照れている私とは対照的に、陸はさらっと店主の言葉を否定していた。

うぐ……なんか今のは刺さった。

いや、陸は完全に正しいんだけど。実際に友達なんだけど！

他の女子の影がちらついている状況でこんなきっぱり否定されると、それなりに来るものがあるというか。

「あいよ、お待ち」

「どうも。ほい、碧」

ショックを受ける私に気付くことなく、陸は何事もなかったかのようにレモンのかき氷を渡してくる。

「……ありがと」

礼を言い、二人でビーチパラソルの陰にあるベンチに座った。

「やっぱこういう暑いところで食べると、かき氷ってうまいな」

呑気《のんき》にかき氷を食べる陸に、私のもやもやはピークを迎えた。

「……陸って、まだ香乃のこと好きなの？」

「ごふっ⁉」

私の問いかけに不意を突かれたのか、かき氷を食べていた陸は思いっきりむせた。

動揺を露わにする彼に、私は唇を尖《とが》らせて言葉を続ける。

「な、何を急に……」

「だって……マリンスポーツも入り江も香乃と行ったんでしょ？」

私とは行かなかったのに、という言葉は寸前で飲み込んだ。

とはいえ内心の不満は爆発しており、私はじとっとした目で陸を見つめ続ける。

さあ、どんな言い訳があるか見せてもらおう！　ていうか言い訳してほしい！　これでもし言い訳してくれなかったら詰むし！

そんな詰問だか懇願だか分からない感情を込めた目で見つめる私に、陸は少し困ったような顔でこっちを見つめ返してきた。

「いやだって……碧が提案した場所、どっちもナンパスポットだし」

そうして陸から出てきたのは、意外な事実。

「え」

思わず固まる私に、陸が説明を続ける。

「だから、マリンスポーツとか入り江とか、その辺はここのナンパスポットなんだって。一応、さっき香乃にそういうスポットがあるかどうかを聞いたから間違いない」

え……じゃあ陸は私がナンパスポットに行ってトラブルに巻き込まれないよう、香乃から情報収集をしてたってこと？

ていうか、もしや私が調べた男女二人で参加する客が多いって情報、ナンパスポットっていう意味だったの？

そして私はそうとも知らず、陸が香乃を意識して私を嫌がってると思い込んで……。

「〜〜〜〜っ！」

手で顔を覆い声も出さずに呻《うめ》く私である。

なんかもう恥ずかしいし申し訳ない！

「ど、どうした？　碧」

私の奇行に困惑したような声を出す陸。

そんな彼に、私はちょっと涙目になりながら答えた。

「い、言ってくれればよかったのに」

「それは、なんていうか……」

突然、言葉を濁す陸。

だが、事ここに至って誤魔化すことはできないと思ったのか、溜め息《たいき》を一つ吐いて白状した。

「香乃と二人で行動してたって思われたくなかったから……ほら、変な誤解とかされたら嫌だし」

「あぅ……」

照れたように言う陸の気持ちを聞いて、なんだか私の顔まで赤くなってしまう。

「そ、そっか。私に誤解されるのが嫌で……黙ってたんだ」

「ま、まあな」

やばい、さっきまであんな不満に思ってたくせに、急に嬉しくなっちゃってる。我ながらなんて現金な女だろう。

とはいえ、まだ陸の不審な行動は残っている。

「じゃあ……今日はあんまり私のほうを見ないのはなんで」

そう問いかけると、何故か陸は顔を赤くして、また目を逸らしてしまった。

「そんなの決まってるだろ。碧の水着が思ったより大胆だったから、目のやり場に困ってただけだ」

「にゃぅ……」

本日最大の不意打ちに、思わず猫っぽい声が出てしまった。

ビキニについて全然触れてこないと思ってたけど、しっかり刺さってたっぽい。

やばい。頭がパンクしそうなんだけど。

「遅くなったけど、水着似合ってる」

「ありがと……」

こっちを見ずに褒める陸と、消え入りそうな声で礼を言う私。

「…………」

「…………」

なんとも気恥ずかしい沈黙。

お互いに何を言っていいのか分からず、赤くなった顔を冷却するように、二人して黙々とかき氷を食べ続ける。

と、そこでふとあることを思い出した。

「そういえば陸」

「な、なんだ？」

沈黙を破った私に、陸はちょっとドギマギしたように応じる。

「いや、東のほうに綺麗《きれい》な白い砂浜があるって聞いたんだけど、あれももしかしてナンパスポット？」

使い残していたプランCである。

三つ調べたうち全てがナンパスポットだったりしたら、私は今後自分の調査力に自信を持てなくなるだろう。

そんな不安から訊《たず》ねると、陸は苦笑しながら答えた。

「いや、そこはカップル御用達スポット」

「そうなんだ」

私はほっと胸をなで下ろす。

よかった、自分の調査力に絶望せずに済んだ……。

「碧、一緒に行ってみるか？」

私が安堵《あんど》に包まれていると、不意に陸がそんなことを言い出す。

「え？」

驚く私に、陸は照れ臭そうにしながら続ける。

「ほら、なんか碧の行きたい場所、二回も却下しちゃったし。もし行きたいなら、俺も付き合うけど。いやまあ、誤解されそうで嫌っていうなら無理にとは——」

「行く！　私、絶対行きたい！」

陸の言葉を途中で遮り、ぐいっと顔を寄せて答えた。

「お、おう。そうか」

赤くなって上半身をのけぞらせる陸を見て、私ははっと我に返って彼から離れる。

「ご、ごめん。けど……私、陸と一緒なら行きたいなって思って」

慌てる私を見て逆に冷静になったのか、陸はいつものように笑って頷《うなず》いた。

「ん、分かった。じゃあかき氷食べ終わったら行こうか」

「よし、そうと決まれば早く食べちゃおう」

私は急いで向かうべく、かき氷を口に運ぶ速度を上げる。

「いや、そんな急いで食べたら——」

「うぐ⁉　あ、頭が……！」

「ほら、言わんこっちゃない」

頭を押さえる私と、それを見て優しく苦笑する陸。

——告白のためとか、カップル御用達スポットとか。

色々と考えを巡らせたものの、こうやって二人で普通に話してる時が一番幸せなんだよなあと思う私であった。

三回表 ▼▼▼ ノリと勢いが招いたもの。

「あ。そういえば今日、営業終わったらそのまま店で四人の歓迎会やるから」

バイト三日目。

フロアで客の残した食器を片付けていると、隣で床の掃除をしていた香乃が不意にそんなことを言い出した。

「なんだ、急に。そもそも短期バイトにそんなのいるか？」

わざわざ大袈裟《おおげさ》にやってもらうほど、俺たちはここで長く働くわけではない。

首を傾げる俺に、香乃は尤《もっと》もらしい表情で頷いた。

「いるでしょ。陸たちはみんな友達なのかもしれないけど、私は陸と碧の二人としか仲良しじゃないからね」

「いや……厳密に言うと俺たちとも仲良しではないけども」

「しゃらっぷ。とにかく、私も二条さんや有村君と仲良くなる機会が必要なわけよ。こういう小さなイベントが人間関係を築くコツだったりするの」

したり顔で話す香乃に、俺は大きな驚きを覚えた。

「まさか香乃に人間関係について説かれる日が来るとは……まあでも、あの二人は割と心が広いし、多少の非常識な変わり者《かぶきもの》なら受け入れてくれるだろうからな。香乃の相手にはちょうどいいかもしれん」

「誰が非常識な変わり者《かぶきもの》だよ！」

という叫びはスルーしつつも、俺は少し驚いている。

俺も香乃のことを銀司や二条に紹介する機会は必要だと思っていたが、まさか香乃が自分からこういった企画を立ち上げるとは思わなかった。

「ま、せっかくだしありがたく歓迎してもらうことにするよ。他の三人にも俺から伝えておく」

香乃の企画に乗ることにすると、彼女は満足そうに頷いた。

「よしよし。じゃ、ついでに店長からの許可も陸から取っといて」

「……は？」

香乃の口から当然のように出た言葉に、俺はピタリと動きを止めた。

「は？　じゃないでしょ。店長の許可取らずに営業後のお店使えないじゃん？」

やれやれと言わんばかりに説明する香乃に、俺は思わず表情を引きつらせる。

「……おい。まさかと思うが、自分で企画したくせに、何の準備もしてないってことはないよな？」

恐る恐る確認すると、香乃は何故か不敵な笑みを返してきた。

「ふっ、そりゃあもう。だって三分前に思いついた企画だからね！」

「見切り発車にも程があるだろうが！」

「でも陸も賛成したし！　賛成した以上は手伝ってもらうからね！」

「相変わらず俺を巻き込むことに躊躇《ためら》いがねえな！　やっぱお前なんも変わってねえわ！」

前言撤回。やっぱり香乃は香乃だった。


というわけで、営業終了後。

押し問答の末、見事に面倒ごとを半分押しつけられた俺は、なんとか歓迎会の準備を完了させた。

よく考えたら、歓迎される側が準備をするというのは明らかにおかしいのだが、香乃に俺を歓迎する意思はないと考えると悲しいことに辻褄《つじつま》が合う。おのれ……いつか見てろ。

そんな諸々の経緯はあったものの、無事に店長の許可も取り、歓迎会は開催される運びとなった。

「はい、全員飲み物行き渡った？」

幹事の香乃が、確認するように周囲を見回した。

店長がサービスで作ってくれた料理がテーブルに並び、俺たちはその前で各自飲み物を持って香乃を見つめている。

そんな様子を見て、香乃は満足そうに頷くと、手に持ったオレンジジュースを掲げた。

「じゃあ、これからバイトを一緒に頑張る仲間たちに、乾杯！」

「「「かんぱーい！」」」

香乃の音頭に応じて、俺たちも手に持った飲み物を掲げた。

「じゃあ俺は二階にいるから、何かあったら言ってくれ」

歓迎会が始まると、キッチンにいた店長がそう声をかけてから階段を上っていった。

責任者だから帰るわけにはいかないものの、俺たちが気兼ねなく楽しめるように気を遣ってくれたらしい。ありがたい話だ。

「はーい！　店長、ありがとうございました！」

ひらひらと手を振って見送る香乃。

「銀司、二条、ちょっといいか？」

料理を取っていた二人に声をかける。

「おう、陸。なんかお前も歓迎会の準備してくれたってな。さんきゅ」

「巳城も歓迎される側だろうに、物好きだな」

朗らかに感謝してくる銀司と、少し呆《あき》れたような二条。

そんな二人に苦笑を返してから、俺は香乃のほうを一瞥《いちべつ》した。

「改めてだけど、二人を香乃に紹介したいんだ。いいかな？」

この三日間、慣れない仕事を覚えるのに手一杯で、二人とも香乃とちゃんと話をする機会はなかったはずだ。

香乃の希望でもあるし、俺から紹介するほうが自然だろう。

「お、いいのか？　いやあ、あそこまで綺麗な子だと、こっちから話しかけるの躊躇っちゃってさ」

「助かる。私もあの子に興味あったしな」

銀司と二条も乗り気なようでほっとした。

「おい、香乃」

「ん？　おっ、なになに？」

呼びかけると、彼女もなんとなく用件を察したのか、小走りでこっちに来た。

「改めて紹介するよ。こちら有村銀司と二条沙也香。俺と碧のクラスメイトだ」

「どうも。有村です」

「二条です。よろしく」

挨拶《あいさつ》をする二人に、香乃もにこやかに応じた。

「陸と碧の中学の同級生だった東雲香乃です。今日は私の我が儘《まま》に付き合ってくれてありがとうね。二人とゆっくり話す機会が欲しくってさー」

「俺たちもだよ」

「仕事のフォローしてくれてる上に、こんな会まで開いてくれて嬉《うれ》しいよ」

スムーズに会話が始まったのを見て、俺はそっとその場を離れる。

「陸」

と、そこで碧に名前を呼ばれた。

俺と同じく、香乃があの二人とうまくやれるか、緊張しながら見守っていたらしい。

「香乃、さーやちゃんたちと仲良くなれそうだね」

少しほっとしたような碧。

彼女も昔の香乃を知っているため、銀司たちと衝突しないか心配だったようだ。

「ああ、そうだな」

笑顔を綻《ほころ》ばせながら俺と碧以外の人間と会話をする香乃を見て、少し感慨深い気持ちになった。

「香乃、ちょっと変わったね」

碧も俺と似たような感想を持ったのか、そう呟《つぶや》いた。

他人と接することを嫌がるくせに、一度心を開いた人間にはべったり張り付く。

そういう不器用な人間関係しか築けない奴だったのに、今は初対面の人間とも、俺や碧の助けなく適度な距離感を保てている。

「……まあ、厄介なところだけは変わってなかったけどな」

だが、そんな旧友の変化を素直に認めるのがなんか癪《しやく》で、俺は渋面を浮かべてしまった。

「あはは。確かに」

碧は苦笑で俺の言葉を認める。

「おーい。陸、碧、ちょっとこっち来て」

と、二人で話していた俺たちに、香乃の呼び声がかかった。

見れば、なにやら手には出来たてのたこ焼きが載った皿を持っている。

……なんか嫌な予感がするな。

「なんだよ」

警戒心も露わに俺たちが近づいていくと、香乃はにやりと嫌な笑みを浮かべてたこ焼きを差し出してきた。

「じゃん！　この店の名物、激辛ロシアンたこ焼きだよ！　せっかくだからみんなでやろうと思って」

案の定、ろくでもない提案をしてきた香乃に、俺は渋面を浮かべた。

「さらっとねつ造するな。うちの看板料理は焼きそばだろ。つーか、そんなもんやらねえって。なあ？」

俺は銀司と二条のほうを見て同意を求める。

初対面の二人に反対されれば、さすがの香乃もこんな無茶はしないだろう。

そう思ったのだが、

「いや、やるね！　なあ沙也香！」

「ああ。せっかくだし一勝負しよう」

予想に反して、銀司と二条は死ぬほど乗り気だった。

「えぇ……さーやちゃん、どうしたの？」

碧も戸惑い気味で友人に訊《たず》ねる。

「いや、夏の大会に出られなくなったせいで、闘争心のやり場に困ってな。勝負事で発散したい気分なんだ」

　どこか遠い目をする二条。

　これは……顔には出していなかったが、大会に出られなかったのが相当悔しかったんだろうなあ。

「二人がそんなに乗り気なら俺はいいけど……碧はやめといたほうがいいぞ」

　一応、この海水浴は夏の大会に出られなかった二人の気晴らしが目的である。

　これで少しでも二人の気が晴れるならと俺は乗ってみたが、さすがに碧にやらせるのもどうかと思うので、やんわりと止めてみた。

「ううん。せっかくだし、仲間外れのほうが嫌だな。私もやるよ。それにちょっと楽しそうだし」

　が、意外と碧も乗り気っぽい。

　そういや、碧はバッティングセンターでの勝負にもめっちゃ燃えるタイプだし、勝負事は好きだったたな。

「よし、じゃあ全員一つずつ選んで！」

　香乃の号令と同時に、俺たちは爪楊枝《つまようじ》の刺さったたこ焼きをそれぞれ一つずつ選んだ。

「うわ、なんか緊張するな」

「そうだね……ノーアウト満塁のピンチを思い出すよ」

顔をしかめる俺とは対照的に、碧はどこか楽しそうだった。

「いくよ……せーの！」

香乃の合図で、一斉にたこ焼きを口に放り込んだ。

俺も勢いに任せるままに一息に食べて、恐る恐る噛《か》む。

甘辛いソースの味と歯ごたえのあるたこの食感……ハズレだ。

「んぐっ⁉」

俺がほっと一息吐くと同時に、すぐ近くから叫び声が聞こえた。

声のしたほうに向くと、そこにいたのは涙目になってぷるぷると震える碧。

「か、辛い……ていうか痛い！　けほっ、誰か水を……！」

「碧ー⁉　ちょっと待ってろ！」

口を押さえて呻《うめ》く碧を見て、俺は飲み物を探す。

と、近くに置いてあったジュースの缶を見つけ、碧に渡した。

「ほら、これ飲め！」

「ありがと……」

俺が差し出したジュースを、碧は一息に飲み干す。

「大丈夫か？」

心配になって訊ねると、碧は脱力した様子で答えた。

「んん……らいじょうぶ」

よっぽど辛かったのか、顔は真っ赤で呂律《ろれつ》も回っていない。

「おお、碧が当たったか。にしても、ちょっとタバスコ入れすぎたかな？」

ふう、と冷や汗を拭《ぬぐ》いながら息を吐く香乃。

そんな彼女を、俺はじと目で睨《にら》む。

「お前はもうちょい加減というものをだな」

「いやあ、ついテンション上がっちゃって？」

自分でもちょっとやりすぎたと思ったのか、気まずそうに目を逸らす香乃。

「ほんとお前は厄介なところだけは――」

と、俺が香乃に説教を食らわせようとしたところ、ぐいっと服の裾《すそ》を後ろから引っ張られた。

振り返ると、何故か赤い顔のまま唇を尖《とが》らせた碧がこっちを見ている。

「ねえ、香乃ばっかり構ってないで、私のこともっと心配してほしいんらけど」

まだ呂律が回っていない状態ながら、俺にそんな抗議をしてくる碧。

「あ、ああ。悪かった」

その様子に何か違和感を覚えつつも、俺は素直に頷《うなず》く。

「よし。ならぎゅーっとして慰めて」

バッと両手を広げ、ハグを要求してくる碧。

「いや、ちょ、それは……」

想定外の要求に動揺する俺に、碧は悲しそうな顔を見せた。

「……嫌なの？」

「嫌では、ないですけど」

いったいどうしたのか。

違和感はどんどん大きくなっていく。

と、他のメンツもさすがにこれはおかしいと思ったのか、怪訝《けげん》な表情をした。

「あれ……碧が飲んだこれって」

二条が、碧の持っていた缶ジュースのパッケージを見て、小首を傾げた。

次いで、銀司もはっとしたように目を見開く。

「うわ、これジュースじゃねえぞ。お酒じゃん！」

「え」

予想外の言葉に、俺も缶ジュースを再び見つめる。

すると、そこにはアルコール度数五％の文字が躍っていた。

「し、しまった……！」

慌てていたせいで、うっかりジュースと間違えてお酒を渡していたらしい。

ということは、今の碧は酔っ払い状態ということか。

「りくー、はーやーくー」

当の碧は酔っ払っている自覚があるのかないのか、周りの慌てる姿など目にも入っていない様子でハグの要求を続けていた。

いったいどうしたものかと逡巡《しゅんじゅん》していると、香乃が小声で囁《ささや》いてくる。

「陸、とりあえず刺激しないよう言うことを聞いて。そんなに飲んでないし、酔いが覚めるまで時間稼げばなんとかなるはず」

「お、おう」

その指示に従い、俺は碧に向き直る。

ゆっくりと間合いを計るように近づき、手の届く距離まで来た。

「い、行くぞ……」

「うん！」

無邪気に待ち構える碧。

そんな彼女を、恐る恐る正面から抱きしめた。

「う……」

やばい、アクシデントで密着したとかじゃなく、自分の意思で、しかも正面から抱きしめるって全然感覚が違うんだけど。

いやもうあちこち柔らかいし、息づかいとか心臓の鼓動まで伝わってきそうだし、何よりちゃんとお互いに抱き合いたいという合意の下にくっついているのがこう、精神的にだいぶくるというか……。

「えへへー。陸、すっごいドキドキしてるし」

俺に碧の心臓の鼓動が伝わってくるということは、その逆もまた然りということ。

碧は俺の胴に回した腕にぎゅっと力を込めつつ、胸元に耳を寄せてきた。

やばいこれはマジでやばい俺の理性が吹っ飛ぶっていうかその前になんか羞恥《しゅうち》とかドキドキ感で心臓が破裂しそうっていうかでもここで破裂したら碧の鼓膜も破れそうだからなんとか堪えなければいけない頑張れ俺マジで頑張れ。

「陸、陸」

俺の思考が混迷を極めつつある中、香乃が密やかにミネラルウォーターのペットボトルを差し出してきてくれた。

それを受け取り、碧を見る。

「碧、ほら水飲もう？」

「えー、なんでー？　喉渇《のど》いてないよ」

やはり酔っ払っている自覚がないのか、碧は不思議そうに首を傾げた。

そういや自覚のない酔っ払いに水を飲ませるのは大変だって、親父も言ってたな。

自分が酔っていることを意地でも認めないから、水を飲む必要はないと突っぱねるのだとか。

ここはうまく説得しなきゃいけない。頭を使うんだ、俺！

「んふふー、陸のほうからこうやってぎゅってしてくれるの、滅多にないよねー」

が、今まさに脳をフル回転させようとした時、碧がまた一段と密着度を上げてきて、俺の脳は見事フリーズに陥った。

どうしよう、全く思考がまとまらない。

ていうか、よく考えたら無理に水飲ませる必要ないような気がしてきた。碧も満足そうだし、俺も嬉《うれ》しいし。

うん、碧が自然と戻るまでこのままで――。

「巳城、酔っ払い相手に調子に乗ると、素面《しらふ》に戻った時が地獄だぞ」

俺が現状維持に走ろうとすると、それを見抜いたように二条がぼそっと呟《つぶや》いた。

それを聞いて、俺はすんでの所で我に返る。

そ、そうだ。酔ってるのをいいことにくっついて喜んでるとか、道徳的によろしくない。

碧が正気を取り戻した時にお互い気まずい思いをしないよう、全力を尽くさなければ。

「碧、とりあえず水飲もう」

「むぅ……喉渇いてないのに？」

再び嫌がる碧に、俺はぎこちない笑みを浮かべて説得を続ける。

「でもまだ口の中ひりひりしてるだろ？」

「んー……ちょっと」

碧の心が揺れるのが分かった。ここで一気にたたみかけよう！

「だろ？　じゃあ飲もうぜ」

「ん……分かった。じゃあ陸が飲ませて」

「な、なんでさ」

「らって陸が私に水を飲んれほしいんれしょ。なら陸が飲ませるのが筋らと思います」

「なるほど……なるほど？」

微妙に引っかかるものがあるが、なんとなく言いくるめられてしまった俺である。やっぱり頭が回ってない。

俺は釈然としない気持ちを隅に置いてペットボトルの蓋《ふた》を開けると、碧の口元に運んだ。

「ほら、碧」

「りょーかい」

碧も素直に頷くと、水を飲み始めた。

が、さすが酔っ払いというべきか。生後三ヶ月の赤子並みに首が据わっていない碧は、飲んでいる途中に盛大に頭を動かし、水を零してしまった。

「うおっ⁉　碧、大丈夫か？」

「あはは、冷たーい」

心配する俺をよそに、何が楽しいのか大笑いする碧。

だが、着ていた店のTシャツはびしょびしょに濡《ぬ》れ、ぴったりと肌に張り付いて身体のライン……特に胸元を強調するような形になった。

「だ、誰かタオル取ってくれ」

その絶妙な色気にやられかけた俺は、周りに救援物資を要求する。

「任せろ、俺が取ってくる……十五分くらい待っててくれ」

俺の言葉に反応した銀司が、ものすごくいい笑顔を見せながら、足早に二階へと上がっていく。

「おい、逃げる気満々じゃねえか！　十五分もかからねえだろ！　早く持ってこい！」

逃げ去る背中に声をかけるが、銀司は無言で離脱してしまった。

「んー、らいじょーぶ。下は水着らし、これ脱いじゃうね」

が、俺の気持ちを知ってか知らずか、碧はもぞもぞとTシャツを脱ぎ始めた。

「お、おい」

下に着ているのが水着と分かってはいても、女子が服を脱いでいる光景はなんかちょっと目に毒だ。

「むー、陸も濡れてるじゃん。脱ぎなよー」

余裕がなくて気付かなかったが、碧とほぼ密着状態で水を飲ませていた俺の服も、よく見たら濡れている。

それを見とがめた碧は、俺のシャツに手を掛けて、脱がそうとしてきた。

「いや、俺は別にいいし」

「いいからいいから。えーい！」

「おわ!?」

海神屋

拒絶する俺の意見をスルーして、碧は強引にシャツを脱がせてきた。

「えへへー、おそろーい」

碧は上半身裸になった俺を見て、満足そうに頷《うなず》いた。

「お揃《そろ》いって、お前な……」

突拍子もない酔っ払いの行動に、二の句が継げなくなる俺である。

と、そこで何かを思い出したかのように碧は手をぽんと叩《たた》いた。

「あ、そうら。私、海に来たら陸にひやけろめ塗ってもらおうと思ってたんらー」

「ひやけろ……ああ、日焼け止めか？　いや、今塗っても意味ないだろ」

外を見ると、もうそろそろ夕日も沈みきる頃合いだ。

「らいじょーぶ！　些細《ささい》なことらし！」

が、碧はそんなこと関係ないと言わんばかりに、ビキニを脱ごうと――って、おい！

「碧⁉　ちょ、何脱ごうとしてんの！」

慌てて止めるが、碧は不思議そうに小首を傾げた。

「なぁに？　脱がなきゃ塗れないれしょー」

「さすがに待て！　ていうか、さっきから黙ってるそこの二人！　助けろ！」

事ここに至っては一人で対処するのは不可能と見た俺は、何故か途中から沈黙していた二条と香乃に助けを求めた。

が、二人は意味ありげに目を合わせてから呆《あき》れたような顔をする。

「いやあ、なんていうかね？　二条さん」

「ああ。なんかもう途中からいちゃついてるカップルの日常見せられてる感じがしてるっていうか、変に割って入ると無粋になりそうというか？」

「意味が分からんのだが！」

生暖かい目で見つめてくる二人に抗議をするが、彼女たちは肩を竦《すく》めて踵《きびす》を返した。

「よし、二階に行って二次会をしよう」

「賛成。銀司も多分そのつもりで離脱したろうしな」

「おーい!?　何普通に見捨ててくれてんの！　ヘルプ！　へーるぷ！」

「りくー、じゃあこのひやけろめ背中に塗ってー」

俺の叫びも虚しく、二人は銀司の後を追って二階に上がってしまった。

——その後、碧が寝落ちするまでの三十分、俺の葛藤《かっとう》が続いたという。

三回裏 ▼▼▼ ノリと勢いに任せた結果。

目が覚めた時、真っ先に感じたのは蛍光灯の眩《まぶ》しさと頭痛だった。

「いたた……あれ？」

頭痛に顔をしかめながら、寝ぼけ眼で上半身を起こす。

ここは……二階にある休憩室？

どうやら私は休憩室の椅子に寝かされていたらしい。

「あ、お目覚め？」

背後から声をかけられる。

ぼんやりした頭のまま振り返ると、そこにいたのはにやにやと笑う香乃。

「あれ……香乃？」

「そう、香乃です。おはよう碧、気分はどう？」

「気分……？」

そこで、ようやく私の思考はクリアになってきた。

「あ……」

そして、酔っているうちにやらかしたあれこれの記憶も。

「あ……ああああああああ！　どどどどうしよう!?　なんかすっごいことやっちゃったんだけど！」

とんでもない黒歴史が爆誕したことを思い出し、頭を抱えてのたうち回る。

「り、陸にとんでもない迷惑を……！」

「あはは、まあいいんじゃない？　陸も満更じゃなさそうだったし」

よほど私の醜態が酷かったのか、香乃はひたすら楽しそうだった。

「うぅ……なんてことを」

抱きついたのはまあいいとして、日も沈んでるのに日焼け止め塗ってもらおうとして脱ぎ始めるなんて、痴女と思われても仕方ない……！

「そう落ち込まずに。あとで陸に謝る時は私も付き合ってあげるから」

へこむ私を見かねたのか、香乃がそう助け船を出してくれた。

「ほ、本当？　助かるよ……」

一対一ではどんな顔していいか分からなかったので、この申し出は非常にありがたい。

と、一息吐いたことで気付く。

今、香乃と二人きりだ……。

「なんか、碧と二人きりになるのも久しぶりだね」

同じ事を考えていたのか、香乃もそんな言葉を口にした。

「うん、そうだね」

シフトがずれていたり、香乃が陸のほうに絡みに行っていたりしたこともあり、私と香乃の二人という組み合わせは、海に来てからは初めてだ。

なんとなく、複雑な気持ちになる。

今現在、一番怖い恋敵。

そんな彼女にどう接するのか、態度を決めかねていたというのは事実だ。

「改めてだけど……久しぶりだね、香乃」

「うん、久しぶり」

とはいえ、こうして話してみると、昔のようにスムーズに会話が転がるから不思議なものだ。

まあ、よく考えてみれば私は別に香乃と決裂したわけではないのだから、当然と言えば当然だけど。

ただ、この一年は私が陸にべったりだったから、香乃と話す機会がなかっただけで。

「それにしても、まさか二人がこんなふうになってるとはねえ」

まだからかい足りないのか、香乃は意味ありげな流し目を向けてくる。

「な、何よ。悪い？」

目下のところ最大の恋敵に切り込まれて、私は咄嗟《とっさ》に身構えた。

「んー？　別に。ただ、私にとっては二人とも大事だから、うまくいけばいいなあって思っただけ」

屈託のないその笑みを見て、私の中でわだかまっていた複雑な感情が少し消えていくのを感じた。

香乃は、一番怖い恋敵。

それは確かだ。けど――それと同時に、彼女はかけがえのない私の友人である。

そんなごく当たり前の事実を、この瞬間に思い出した気がした。

「……ま、応援として受け取っておくよ」

「そうしておいて」

くすりと微笑を浮かべる香乃。

話が一段落したところで、私はだんだん周囲の状況が気になってきた。

「そういえば、他のみんなは？」

「ああ、二条さんと有村君なら一階の片付けをやってくれてるよ」

その事実を聞かされて、ちょっと申し訳なくなる。

「うぅ……私のせいでいきなりめちゃくちゃになっちゃったし、本当は私がやらなきゃいけないのに」

「あはは、気にしないで。碧が寝落ちして、陸がノックダウンされた後に三人で盛り上がったから」

さらっと聞き捨てならない事実を口にする香乃。

「……陸、ノックダウンされたの？」

「うん。碧の超えっち攻撃に精神をやられてしまって。今は夜の散歩がてらコンビニまで買い物に行っていると思います」

「ちょ、超えっち攻撃……」

凄《すさ》まじく否定したいが、振り返ってみれば全く否定できない。

その事実に精神的ダメージを受けてずーんとしていると、香乃のスマホにメッセージが着信する音が聞こえてきた。

「お、噂をすれば。陸、もうすぐ帰ってくるって。心の準備はＯＫ？」

その宣告に、私は心臓がバクバクし始める。

「うぅ……逃げ出したい」

けど、そういうわけにもいかないだろう。

だって、やらかしてしまった事実は消えないし。このまま逃げるとか印象悪すぎる。

逃亡したい衝動と理性の狭間《はざま》で葛藤していると、すぐに階段を上る音が聞こえてきた。

「えーと、入っていいか？」

ドアの向こうから強ばった陸の声が聞こえてきて、私は息を吞《の》む。

どうするか判断を仰ぐように香乃が一瞥《いちべつ》してきたので、恐る恐る頷いた。

「大丈夫だよー」

香乃が声をかけると、ぎこちない動作で陸が入室してくる。

途端、いきなり私と目が合った。

「お、おう、碧。目が覚めてたか」

「う、うん。なんか迷惑かけちゃったみたいでごめんね」

「いや、大丈夫……だったけど……」

言葉とは裏腹に、赤くなった顔を気まずそうに逸らす陸の仕草は、あんまり大丈夫じゃなさそうだった。

やはり私の超えっち攻撃が相当効いたのか。私も多分同じくらい効いてるけど。

「こら、私を置いて二人の世界に入るんじゃない」

と、そんな気まずい私たちに助け船を出すように、香乃が言葉で割って入った。

「そ、そうだね」

「おう……あ、そうだ。頼まれてたもの買ってきたぞ」

香乃の声をきっかけに、気まずい静寂から解放される私たち。

ほっとする私の横で、陸は持っていたコンビニのビニール袋をテーブルに置いた。

「ん、大儀であった」

やたら偉そうに陸を労った香乃は、そのビニール袋の中身を取り出す。

出てきたのはポテチやジュースなどの軽食。

「よし、それでは碧も起きたことだし、三次会兼再会祝いを始めるとしましょう」

私たちに缶ジュースを渡しながら、香乃はそんな宣言をする。

「再会祝い……」

驚く私に、香乃はこくりと頷《うなず》いてみせた。

「うん。必要でしょ？　せっかくまた会えたんだし」

当然と言わんばかりの香乃の態度に、陸が溜《た》め息《いき》を吐いた。

「まったく、歓迎会やるのも突然だったけど、再会祝いやろうっていうのも突然だったからな。しかもどっちも準備は俺に丸投げしてくるし」

渋面を浮かべつつもジュースを取る陸。

そんなやりとりに、ふと懐かしさがこみ上げてきた。

ああ、こんな感じだった。

香乃は人見知りなのに奔放で、一度仲良くなった人間は遠慮なく振り回す。

そんな香乃に陸は顔をしかめながら付き合って、私も楽しみながら付いていった。

あの頃とは色々と違ってしまったけど、なんだかこの瞬間だけは昔に戻れたみたい。

「そっか……確かに必要だよね」

だから私も、素直に納得した。

そして今度は缶ジュースにアルコールが入っていないことをしっかり確認して、プルトップを開ける。

私たちの準備が整ったのを見て、香乃は満足そうに笑った。

「では僭越《せんえつ》ながら私から挨拶《あいさつ》を。えー、陸が私に惚《ほ》れて惚れて惚れ倒したせいで色々あった私たちですが、こうして再会できたことを喜ばしく思います」

「余計な挨拶のせいでこっちは全然喜ばしくないんだけど！　今からでも帰っていいか⁉」

「あはは、冗談！　かんぱーい！」

やりたい放題な香乃の音頭。

私と陸は目を合わせてから苦笑すると、自分のジュースを掲げた。

「乾杯」

「まったく……乾杯」

海に来てからずっと付き纏《まと》っていた気まずさ、ぎこちなさ。

そういうのが完全に溶けて、また昔みたいな雰囲気に戻れたことが、素直に嬉《うれ》しかった。

――だから、私は気付けなかった。

陸と香乃。

この二人の間にある問題は、まだ何一つ解決していなかったのだと。

四回表 ▼▼▼ 仲直りって難しい。

「ご注文繰り返させていただきます。焼きそば一つ、カレー一つ、ソフトクリームが二つでよろしいですね？」

笑顔で接客をしながら、俺は伝票に注文を書き込んだ。

今日で海の家のバイト四日目。

ようやく仕事にも慣れてきて、初日より心身共に楽に感じる。

なにより、今日は香乃のシフトが休み。

あいつと顔を合わせないと思うだけで、だいぶ気が楽になる──

「おっはよー！　いやあ、真面目に働いてるね、陸。感心感心」

──という俺の希望をぶち壊すように、店の入り口に香乃が立っていた。

「うわ……お前何しに来たの？　まさかシフト間違えた？」

渋面で出迎える俺に、香乃は何故かちょっと呆《あき》れたような顔をした。

「あのねえ、この格好見てから言いなさいよ」

自分の姿をアピールするように堂々と胸を張る香乃。

フリルのついた赤いビキニ。出るところは出ているのに、手足はすらりと長い。

自慢のプロポーションをアピールするのにぴったりな格好だった。

「香乃……いくらなんでも水着で働こうとするのはどうかと思うぞ」

あまりに斬新すぎる仕事着に、俺は深々と溜め息を吐いた。

「働くわけないでしょ！　遊びに来たの！　プライベート！」

「遊びに？　お前が、海で？」

小首を傾げて訊《たず》ねると、香乃は頷いてみせた。

「うん。毎日海見てるのに一度も遊ばないのはどうかと思って」

その言葉に、俺は思わず渋面を作る。

「自分の体質考えろ。一人でこの辺ふらふらしてたらナンパされるだけで一日終わるぞ」

さすがに俺もバイトを抜けるわけにはいかないので、香乃に何かあってもこの間みたいに割って入ることはできない。

「大丈夫だし。ちゃんと友達と来たから」

が、香乃は俺の心配をよそに、したり顔でそんなことを言った。

そんな彼女に、俺はとっても哀れな気持ちを抱く。

「香乃、落ち着いて聞いてくれ。その友達はお前の脳内にしかいない」

「妄想の存在じゃないよ！　ちゃんと高校で友達作ったの！　私込みで五人グループで動くからね！」

噛《か》んで含《ふく》めるように告げるも、香乃は反発するように俺を睨《にら》んできた。

「マジか。お前に付き合える聖人君子が四人もいるなんて、その学校って聖女でも育てようとしてるのか？」

「なんかその言い方、聖人君子でもなければ私の友達やってられないって聞こえるんだけど！」

「だとしたら俺たちは完璧《かんぺき》な意思疎通が取れてるな。その通りだ」

満足げに頷く俺に、香乃は歯噛《はが》みする。

「ぐぬ……自分だって私の友達だったくせに。遠回しに自画自賛してるの？」

「いやあ、過去の俺は頑張ってたな」

たいしたもんだよ、昔の俺。と思っていると、香乃は不敵に笑ってみせた。

「どこがよ。結局、友情ぶっ壊しちゃったくせに。いやあ欲にまみれて友情破壊とか聖人君子にはほど遠いね？　陸さんや」

「ぐぬぅ……」

うっかり痛いところを突かれた。

そのまましばらく睨み合っていると、店の奥から銀司の声が聞こえてくる。

「おい陸、早く伝票持ってきてくれ」

その言葉に、俺は仕事中だったことを思い出す。

「おっと悪い、すぐ行く。じゃあな、香乃」

俺が踵《きびす》を返して厨房《ちゅうぼう》に向かおうとすると、香乃がその背中に声をかけてきた。

「あ、陸。ついでにかき氷五つテイクアウトで」

「了解」

さらっと注文を伝票に書いてから、俺は厨房に向かう。

「オーダー入りました。焼きそばとカレー一つずつお願いしまーす」

「あいよー」

厨房の店長さんに声をかけてソフトクリームマシンの前に行くと、銀司が難しい表情を浮かべながらソフトクリームを作っていた。

「うおぉ……やっぱ難しいぞ、これ」

銀司はまだソフトクリームを綺麗《きれい》に巻くのが苦手なため、悪戦苦闘してるようだった。

「銀司、代わるか？」

「お、陸。いいのか？　お前も仕事あるだろうに」

俺は銀司と位置を変えてソフトクリームを作り始めた。

「いいさ、困った時はお互い様だ。代わりにかき氷五つテイクアウトで。店の中に香乃が来てるから渡してやってくれ」

話しながらも手を止めず綺麗にソフトクリームを巻く俺に、銀司は苦笑を浮かべた。

銀司は苦手なソフトクリームをやらずに済み、俺は香乃に関わる時間を減らせる。Ｗｉｎ－Ｗｉｎである。

「お互い様ねえ……なあ、正直なところ、焼けぼっくいに火が付いたりはしないのか？」

俺が香乃を避けたことに何か思うところがあったのか、銀司が不意にそんなことを訊ねてきた。

「まさか。今さらもうないよ」

俺が好きなのは碧だし――それになにより、香乃を二回も裏切る気にはなれない。

表面上はどれだけ普通に接するようになったとしても、根本的に俺たちはあの時、完全に決裂したままだ。

関係を修復できる時期は過ぎてしまい、だけどなかったことにするにはあまりにも大きい決裂。

怪我をした後、放置したために痛みが残ってしまった傷痕。

喩《たと》えるなら、俺と香乃の関係はそういうものだ。

「むしろ、お前までそんな誤解をするとなると、碧も同じようなことを考えやしないかと不安で仕方ない」

それが偽らざる俺の本音である。

マジで万一、碧が俺のことを憎からず思っていたとしても、変な誤解があったせいで身を引くとか考えたりしたらどうしよう。

俺の不安に、銀司も納得したように頷《うなず》いた。

「それは確かに。誤解を避けるために一番いいのは、お前が碧ちゃんに告白することなんだがな。まあ、それができれば苦労はしないんだろうけど」

どうせ無理だろ、と言わんばかりに笑う銀司に、俺は憮然《ぶぜん》とした表情を返した。

「む、舐《な》めるなよ。俺だって無策でこの海に来たわけじゃねえし。なんならここで決着を付けることも考えてる」

「はいはい。それが口だけにならないといいな」

全く本気に受け取ってない返しをして、銀司はかき氷を持って香乃の下へ向かった。

おのれ、銀司め……俺もやる時はやることを見せてやる。

そうして迎えた昼休み。

今日は運良く碧と同時に休憩時間を取れたため、俺たちは二階の休憩室に上がって少し早めの昼ご飯を取ることにした。

「ようやく落ち着いてきたね。バイトするの初めてだったから、最初はどうなるかと思ったけど、店長さんが優しい人でよかったよ」

碧も仕事を順調に覚えられているのが嬉しいのか、上機嫌で焼きそばを食べている。

「まあ、今はまだ暇な時期だからな」

ちらりと窓の外を見ると、そこには浜辺で遊ぶ人たちの姿がある。

とはいえ、芋洗いと呼ぶほどの規模ではなく、まだまだたいした数はいない。

繁忙期は学生が夏休みに入ってから、と店長さんも言っていた。

「確かにね。でもよく考えたら、なんでこんな暇な時期に四人も雇ったんだろ」

碧は不思議そうに小首を傾げた。

「ああ。もうすぐこの辺で花火大会があるんだよ。その日が書き入れ時だから、それに合わせたんだってさ」

今の俺たちは、来るべき花火大会に向けて研修を行っている段階なのだ。

聞いた話では、本番当日はもう昼から客で溢《あふ》れ、普段より忙しくなるという。

「そうなんだ。花火大会かあ、忙しくなりそうだね」

碧はちょっと緊張したように表情を引き締めた。

「まあ、俺たちがシフト入ってるのは花火大会の途中までだし、それを乗り越えれば気楽に客側に回れるだろ」

とはいえ、当日は普段より一時間早く開店する上、俺たちのバイト上がりは普段より三時間は遅くなるため、かなり大変なはずだが。

「そうなの？　私たちがいなくてお店回るのかな」

碧は自分の大変さよりお店のほうが心配らしく、表情を曇らせた。

「心配するな。俺たちと入れ替わりで店長の家族がシフト入ることになってるから」

ガチで忙しい時間帯は、俺たちじゃ逆に足手まといになる可能性があるという判断なのだろう。

「そっか。ならいいけど」

納得してくれたのか、ほっとしたように表情を緩める碧。

そのタイミングを見計らって、俺は朝から考えていた本題を切り出した。

「それより、バイトが終わったら一昨日《おととい》碧が言ってた入り江の撮影スポットに行ってみないか？」

一昨日、俺が却下した二つのナンパスポットの片割れである。

当然、碧も訝《いぶか》るように眉根《まゆね》を寄せた。

「入り江に？　けど、あそこってナンパスポットじゃ……」

「それが夕方になるとナンパする奴らはいなくなるんだってさ。俺も一昨日確認しに行ったから間違いない」

夕方ともなればナンパに成功した奴らはとっくに移動してるし、駄目だった奴らも諦《あきら》めて帰っている頃合いだ。

と、自信満々に保証する俺だったが、何故か碧はじとっとした目を向けてきた。

「ふーん……ちなみに、それはまた香乃と行ったの？」

「一人で行きました！」

再び生まれかけた誤解を即座に葬り去る。

碧は俺の返事を聞いて表情を緩めたかと思うと、こくりと頷いた。

「そっか、ならいいや。一緒に行こう」

笑顔の碧を見て、ほっとする。

よかった。よしよし、一昨日に引き続いて自由時間に碧と過ごす約束ができた。

そんな安堵《あんど》を抱きながら朗らかに昼食を摂り、二人で一階に降りていく。

よし、労働後の楽しみもできたし、午後の労働も頑張るぞ！


——なんて思っていたのだが。

「あのー……沙也香？　話があるんだけど」

「後にしろ、今忙しい」

恐る恐る話しかける銀司と、刺々しい雰囲気で彼を拒絶する二条。

昼食を終えて、少し早めに休憩室を出た俺たちを出迎えたのは、そんなピリピリした雰囲気だった。

「これはいったい……」

「な、何かあったのかな？」

あまりの雰囲気の悪さに、俺と碧は揃《そろ》って及び腰になった。フロア戻りたくねえ……。

その時、ちょうど肩を落とした銀司がとぼとぼと俺たちの前を通ったので、手招きして呼び寄せる。

「おい銀司、何があった？」

海神屋
海神屋

「さーやちゃん、すごい不機嫌オーラ出てるけど」

二階に続く階段の入り口で、俺と碧は銀司を問い詰める。

すると彼は、深々と溜め息《たいき》を吐いて項垂れた。


「いや、ちょっと俺がやらかしてしまってな……さっき、沙也香が店の奥からビールケースを持ってこようとしてたんだよ」

「ああ、あのクソ重いやつな」

大瓶のビールが一ダースも入っているため、重量は二十キロを超える代物だ。

俺が実感を込めて相槌《あいづち》を打つと、銀司も頷いた。

「そう、クソ重いんだよ。そんなものを脇腹痛めてる沙也香に持たせるわけにはいかないじゃん？　だから俺が代わりに運ぼうとしたんだけどさ……」

「まあ、正しい気遣いだな。それがどうしてこんな事態に？」

改めて問いかけると、銀司はもう一度深々と溜め息を吐いた。

「……その時、つい言ってしまったんだ。『俺が運ぶ。沙也香、ちっこいからこれ運ぶの無理だろ』と」

「「あー……」」

俺と碧は状況を察し、異口同音に納得の声を上げた。

「その後は売り言葉に買い言葉で、結構な喧嘩《けんか》になっちまった」

相当やらかしたようで、銀司は頭を抱えた。

「さーやちゃん、身長低いの気にしてるもんね」

二条と仲のいい碧が、うんうんと頷いた。

俺も以前、二条に対して身長いじりはNGという話を聞いた覚えがある。端から見るとちっこくて可愛い存在なのだが、本人的にはチャームポイントと思っていないらしい。

「よりによって幼なじみのお前がその地雷踏んだのかよ」

半ば呆《あき》れる俺に、銀司はばつが悪そうに顔を逸らした。

「いや、だって……素直に心配だから代わるって言うのもちょっとあれでな」

「照れたのか」

「……………」

「照れたんだな？」

「…………はい」

黙秘権を行使する銀司を容赦なく追い詰める俺であった。

「いいか、銀司。心の中でどんなことを考えていようと、ちゃんと言葉に出さなきゃ伝わらなかったりするんだぞ」

「なんだろ……正論なんだけど、お前には言われたくない感が半端じゃない」

素直じゃない友人を窘めると、彼は妙に釈然としないような表情をしていた。

「でも、このまま放置するわけにもいかないよね。銀司君も、仲直りしたいでしょ？」

と、そこに助け船を出すように碧が割って入ってきた。

「そりゃあ、まあ」

どうやら観念したらしく、今度は素直に応じる銀司。

「せっかくみんなで海に来たっていうのに、喧嘩したままじゃいられねえもんな。すまん、二人とも。ちょっと仲直りするために知恵を貸してほしい」

そう頭を下げてくる友人に、俺たちは笑顔で頷《うなず》き返した。

「もちろんだ」

「当然だよ」

そんな俺たちの返事にほっとしたのか、銀司はようやく表情を緩めた。

というわけで、『第一回・銀司と沙也香を和睦《わぼく》させる会議』が始まる。

「まず、素直に謝ってみるのはどうだ？」

俺の提案に、銀司は力なく首を横に振った。

「最初にやってみたけど無理だった」

あのさっぱりした性格の二条が謝罪すら受け取らんとは、相当揉《も》めたらしいな。

「どうしたもんか……ちなみに、二人は喧嘩した時とか、どういうふうに仲直りしてるんだ？」

参考になればと思ったのか、銀司がそんな質問をしてきた。

「俺たちか。そうだなあ……」

俺と碧は軽く目を見合わせてから、過去の記憶に想いを馳《は》せる。

「あ、小学校の頃に喧嘩した時は、陸の部屋に二人で一晩閉じ込められたよね。仲直りするまで出てくるなって」

「あったな、そんなこと」

碧の出してきた思い出に、俺は懐かしさを覚えた。

うちの母親と碧の母親の手によって、部屋に放り込まれたんだよなあ。

おかげで逃げ場もなくじっくり話し合うことができて、翌朝には一段絆《きずな》が深まっていた。

「それは……ちょっと今実行するのはなあ」

とはいえ、高校生の男女がそれをするわけにもいかず、銀司は難しい表情を浮かべる。

「確かに、高校生でやるのはハードル高いかもね」

さすがに無理な提案だと思ったのか、ちょっと照れ笑いをする碧。可愛い。

代わりに、今度は俺が経験談を話す。

「まあ一晩部屋に閉じこもるってのは無理だけど、やっぱりちゃんと話をしたほうがいいぞ。俺は喧嘩した後はちゃんといかに相手が大事か言葉で伝えることにしてる。三十分くらいかけて」

「長くね⁉　いくらなんでも盛りすぎだろ！」

「盛るって……何がだ？」

よく分からない反応をする銀司に首を傾げていると、何故か赤面した碧が口を開く。

「銀司君……陸は本当にやるからね、それ」

碧の言葉に、顔を引きつらせる銀司。

「……マジ？」

「マジ。もう途中からこっちのほうが恥ずかしくて耐えられなくなって、なんか怒ってるのが馬鹿らしくなっちゃうっていうか、それ以上は死んじゃうからやめてってなるっていうか」

話していくうちにみるみる赤くなっていく碧と、未知の生き物を見るような目をする銀司が同時にこっちを向いた。

「すまん、陸。俺にはレベルが高すぎるわ、それ」

「そうか？　一番簡単な方法だと思ったんだが……」

とはいえ、どっと疲れたような顔をする銀司を見ると、無理強いする気にもなれない。

次に、俺と入れ替わるように碧が口を開いた。

「言葉にするのが難しいなら……態度で示してみるのはどうかな？」

「おお、いいかも。具体的にはどんな感じで？」

そのアイディアに、銀司は目を輝かせて飛びついた。

「とにかく相手にくっついてみるの。抱きついてみたり、っっついてみたり、ひたすら構ってほしいオーラを出すっていうか」

「一番ハードル高いの来たんだけど！　嘘だろ、本当にそれやってんのか⁉」

碧の仲直り方法に驚愕《きようがく》する銀司。

俺はそんな彼の肩にぽんと手を置いた。

「銀司、碧は本当にそれやるからな。もう途中からこっちのほうが恥ずかしくて耐えられなくなって、なんか怒ってるのが馬鹿らしくなるっていうか、それ以上は死ぬからやめてくれってなるっていうか」

なんならたまに甘嚙《あまが》みしてくる時もあるからね。

と、俺たちの経験談を一通り聞いた銀司は、引きつった顔で俺と碧の顔を見比べた。

「お前らの仲直り方法おかしくね⁉　ていうかさっきからずっと惚気《のろけ》られてる気分なんだけど！」

「惚気……？　え、何が？」

「銀司君、今そういう冗談言ってる場合じゃないと思うよ」

「なんで自覚ねえんだこいつら！」

小首を傾げる俺たちに、銀司は頭を抱えた。不思議。

ともあれ、俺たち流の仲直り方法はどうやらお気に召さなかったらしい。

「とりあえずもう一回謝ってみたらどう？　さーやちゃんってそんなに怒りを引きずるタイプじゃないし、そろそろ話をできるくらいにはなってると思うよ」

碧も同じことを考えたのか、基本的なアドバイスに立ち返っていた。

「まあ、そうかもしれないけど……どうにもな」

納得はしたようだが、まだ若干及び腰の銀司。

仕方ない、背中を押してやろう。

「関係修復って早めにしとかないと厄介だぞ。一年ほど放置した結果、現在進行形で気まずい目に遭ってる俺が言うんだから間違いない」

「いきなり凄《すさ》まじい説得力出してきたな……」

俺の言葉に乗った重みを感じたのか、銀司はなんとも言えない表情を浮かべた。

そうして彼は少し考え込むと、覚悟を決めたように背筋を伸ばす。

「まあでもそうだな。気まずいまま仕事するわけにもいかないし、行ってくるわ」

そう宣言し、二条のほうに向かう銀司。

俺と碧は固唾《かたず》を呑《の》み、我が事のように見守る。

やがて二人がフロアの入り口で接触し、銀司が二条に対して何やら話し始めた。

二条はそれを一通り聞いた後、ぽこんと軽く銀司の腹を叩《たた》いてから微笑を浮かべる。

「うまくいったっぽいな」

「うん。よかった」

ほっと胸をなで下ろす俺たち。

変にこじれなかったようで何よりだわ。

「それにしても……」

俺が和やかな雰囲気になった友人たちを眺めていると、不意に碧がぽつりと呟《つぶや》いた。

「ん？　どうした？」

訊《たず》ねると、碧は少しだけ俺の顔を見つめてから、軽く首を横に振った。

「ううん、なんでもない。さーやちゃんたち、仲直りできてよかったね」

「そうだな」

そんな碧の仕草に少し引っかかりを覚えて訊ね直そうとした時、フロアのほうから二条が歩いてくるのが見えた。

「碧、巳城。手間をかけさせたみたいで済まないな」

珍しく申し訳なさそうな顔をする二条。

「いや、このくらい気にするなって」

「そうだよ。さーやちゃんにはいつも相談に乗ってもらってるし、たまにはこっちも返さないと」

俺と碧が笑ってみせると、二条も安心したように笑った。

「そう言ってもらえると助かる。二人とも、まだ休憩時間残ってるだろ？　かき氷でも奢《おご》るよ」

「お、助かる」

「うん、これで午後の仕事も頑張れるよ」

思わぬ幸運に喜びながら、俺と碧は二条に続いて厨房《ちゅうぼう》に向かう。

けど……仲直り、か。

自分で銀司に言っておいてなんだが、香乃との関係をこのままにしておいてはいけない気がする。

ずっと背を向けていたものと、向き合う時が来たのかもしれない。

そんな予感がした。


――ちなみにその後。

「そういや、仲直り方法についてアドバイスしてもらったとか銀司が言ってたけど、どんな方法を勧めたんだ？」

かき氷を食べる俺たちに、二条がそんなことを訊ねてきた。

「いかに相手が大事か三十分ほど語る」

「くっついたり甘えたりする」

「……銀司が実行しなくてよかったよ」

俺たちの返答に、何故か引きつった顔をする二条だった。

四回裏 ▼▼▼ ささやかな戦い。

午後四時。

海水浴場の遊泳終了時間まで残り一時間というところで、今日のバイトは終了した。

私と陸は約束通り、バイト終わりに待ち合わせて、撮影スポットとして名高い入り江へと向かっている。

「今日も大変だったねー」

ぐっと伸びをしながら、本日の営業を振り返る。

夏休みが近づくにつれ人も増えるものなのか、少しずつ海の家の忙しさも増していた。

「まあ半分はあの二人の喧嘩《けんか》の影響な気もするけど」

ちょっと呆《あき》れたような陸の言葉に、私はくすりと笑ってしまった。

「確かにね」

さーやちゃんと銀司君、喧嘩してたせいでバックヤードの仕事がほとんど終わってなかったらしい。

そのため、今頃まだ仕事をしているはずだ。

残業をしている二人の姿を思い浮かべていると、陸が足を止める。

「この辺が例の撮影スポットだな」

私も立ち止まり、周囲を見回した。

「ここが……」

三日月のような形をした入り江。

水平線の上に乗った夕日が赤く海を染め上げ、幻想的な雰囲気が漂っていた。

この辺は海の家やベンチのような人工物がなく、自然の姿がそのまま残されているためか、より雰囲気がいい。

「わあ……確かに綺麗《きれい》だね」

「そうだな。ここの本番は夜って聞いたが、夕方でも十分いい景色だ」

感嘆の溜《た》め息《いき》を漏らす私に、陸がぽつりと零した。

「そうなの？」

「店長が言うにはそうらしいぞ。花火を見るにはいいスポットだって。浅瀬に岩礁が隠れてるから泳ぐのには向かないらしいけど」

「花火かぁ……いいね。じゃあ、花火大会の日にここで一緒に花火見よっか」

そう誘うと、陸はあっさりと頷《うなず》いた。

「そうだな。じゃあ見に来ようか、二人で」

二人で、という言葉にちょっとくすぐったい気持ちになる。

もしかしたら、さーやちゃんたちや香乃も誘おうと言うかと思っていたから。

だけど、陸も花火は二人で見たいと思ってくれていたらしい。

その事実は、私が浮かれるのには十分なものだった。

「海に来て、花火まで見て、なんかまだ始まったばっかりなのに、すごい夏を満喫してるって感じするなあ」

早くもスタートダッシュは成功と言っていい。これは夏の後半はやることなくなるんじゃないかと思えるほどの成功っぷりだ。

だけど——ふとした瞬間に心をよぎることがある。

むせかえるようなグラウンドの熱気と土の匂い。握りしめたボールの感触と、ひりつくような打者との勝負。

そんなふうに思い描いていた、現実にはあり得なかった高校の夏。

「碧の肩も、夏休み中にはリハビリ終わりそうだしな」

私の考えていることを察したのか、陸がそんな話題を出した。

思わず、ドキッとする。

自分でも何故そんな反応をしたのか分からず、一瞬だけ困惑した。
「碧？」
私の反応が不審だったのか、陸が小首を傾げた。
「ん、なんでもない。確かにそろそろだなって」
私は困惑を振り払い、そっと右肩を押さえた。
私が肩の手術を行ったのは、今年の二月。
痛みやリハビリで勉強に支障が出るのが嫌だから、受験が終わるまで手術はしたくない
と言って延ばしていたのだ。
だが、それは建前。
本当は手術するのが怖かったのだ。本当に『終わった』ということを実感するようで、
区切りをつけてしまうようで、それが怖かった。
「リハビリが終わったら、ソフト部に復帰するのか？」
じっと私の目を見て訊ねてくる陸。
以前の彼だったら、こんなことは思っていても口にしなかった。
私たちの間にあった、薄皮一枚分の壁。
それを突き破った今の彼だからこそ、もう一歩を踏み込んできてくれた。

その誠意に、私もちゃんと応えたい。

「……しないと思う。正直、怖いんだ。自分が前みたいに投げられないことを実際に確認するのが」

リハビリが終われば復帰はできる。ただし、昔みたいには決して投げられない。

必ずレベルは落ちるから、競技との付き合い方は変えなければならない。

怪我をした時、医者が私に下した宣告。

「あんなに必死に練習したライズボールも、チェンジアップも、もう投げられない。頭では分かってる。だけど……」

まだ、その現実を体験する勇気はない。

それが偽らざる私の本音だった。

「そっか」

私の情けない告白に、陸は静かに頷いた。

そして、優しく微笑を浮かべる。

「ならよかった。俺もまた野球やるつもりはないしな。碧が復帰したら、困るところだったわ」

あの体育祭の日、血を吐くように教えてくれた彼の本心。

だけど、今の言葉は彼自身の懺悔《ざんげ》ではなく、私のために言ってくれた台詞《せりふ》だということがすぐに分かった。

「……ん。じゃあ、二人で思いっきり遊べるね」

「おう。幸い、このバイトのおかげで軍資金も貯まりそうだしな。最初に銀司が海に行こうって言った時は何言ってんだと思ったけど、来てよかったよ」

殊更楽しそうにそう語る陸。

そんな彼の様子に、どうしても訊ねたいことができてしまう。

一瞬、それをそのまま飲み込もうかとも思ったが、やめた。

彼が踏み込んできてくれたのに、自分だけ前みたいに壁を作るような真似は、したくないと思ったから。

「……香乃と再会したことも、よかった？」

踏み込んだ私に、陸は不意を突かれたように目を見開いた。

それに怯《ひる》みそうになったが、衝動に押し出されるように言葉を振り絞る。

「陸が香乃と仲直りできなかったのって、私のせい……だよね」

陸が香乃にフラれた時、二人は距離を置いた。

だけど、それは一時的なもので、お互いに気持ちの整理がついて、冷静になったら再び友達としてやっていくつもりだったのだ。

なのに――そんな大事な時期に私が肩を壊した。

そのせいで陸は、私につきっきりになってしまう。

結果、陸と香乃は仲直りするタイミングを失い、中学を卒業まで和解できないままで終わったのだ。

「別に、碧のせいじゃないさ」

だが、私の問いかけを、陸は静かに否定した。

「心の整理がついたら話しかけようって、ずっと思ってたんだ。だけど、卒業するまで心の整理なんかつかなかったし、正直なところ、今だってついてない。ただ、それだけの話なんだよ」

弱ったような微笑を浮かべる陸。

「……本当に？」

「ああ。けど、こうやってまた会えたのはいい機会だったと思う。最後までちゃんと向き合えないまま終わったの、ずっと気になってはいたからな」

その彼の言葉からは嘘は感じられず、ただ強い決意だけが伝わってきた。

きっと、陸と香乃の間には私も知らない何かがあったのだろう。

当時の私は自分のことでいっぱいいっぱいだったし、分からないことがあっても不思議じゃない。

だけど、だからこそ——今度は置いてきぼりになりたくない。

私はきゅっと陸の手を握り、彼の目を真っ直ぐに見つめた。

「……困ったら私を頼っていいんだからね。私たち、親友なんだし」

誇らしさと、僅《わず》かな痛みを込めて私はそう告げる。

その言葉に、陸は少し驚いたような顔をしながら、私の手を握り返してきた。

「ああ。いざとなったら碧に泣きつくよ」

冗談めかして笑う陸に、私も笑って頷いた。

ふと、海風が吹く。

海辺の空気は冷えやすい。夕方ともなれば尚更だ。

七月にもかかわらず身体が冷えた私は、思わず首を竦《すく》めた。

「冷えてきたな。そろそろ戻るか？」

陸がそう気遣ってくれるが、私はこの時間が終わることを惜しんでしまった。

「ん……まだ。夕日が沈むまで見てたい」

繋《つな》いだままの手にきゅっと力を込めると、陸は仕方なさそうに頷いた。

「分かった。けど、風邪引くなよ？」

言われて、私は最後に少しだけ勇気を出すことにした。

「大丈夫。いいこと思いついたから」

私は陸と腕を組み、彼の身体に寄りかかった。

「ちょ、おい」

唐突な密着に、慌てたように視線を泳がせる陸。

私も正直ドキドキしていたが、今は夕日が支配する時間帯。

きっと、顔が赤くなっているのも隠してくれている。

「ほら、くっついてれば温かいでしょ？」

何食わぬ顔でそう告げると、陸の身体から力が抜けたのが分かった。

「しょうがないな、まったく」

私より一回り太い腕と筋肉の硬さ。

それでなんだか陸が異性であることを改めて意識してしまい、恥ずかしさから離れてしまいそうになる。

が、堪えた。

何故ならそう、これは私なりの闘いだから。

香乃のことばっかりじゃなくて、私のこともちゃんと考えてもらえるようにという、心ばかりの自己主張である。

「夕日、綺麗《きれい》だな」

「……うん」

あとはそのまま、二人で静かに水平線を眺め続けた。

沈んでいく夕日の速度が少しでも遅くなりますように、なんて願いながら。

プロローグ3。

ホームルームが終わった放課後。

今日はシニアの練習がないため、ゆっくりと下校準備をしていた俺の下に、隣のクラスからいつものように闖入者《ちんにゅうしゃ》がやってきた。

「やっほー！　陸、碧。今日は暇？」

遊ぶ気満々、という顔をした香乃である。

他のクラスメイトたちが全員捌《は》けたタイミングでやってきた彼女に、俺はいつも通り渋面で応対した。

「また来たな。生憎《あいにく》、碧はソフト部だ」

「むぅ……それは残念。でも陸は確かシニア休みだよね？」

「なんで知ってるんですかね……そうだけど」

なんか俺の知らないところで勝手にスケジュールを把握されていた。外堀を埋めるのがちょっとずつうまくなってきたな、こいつ。

「仕方ない。なら今日は二人で遊ぼうか。遊園地行こう、遊園地」

「この時間からそんなところ行く奴がいるか。悪いが俺も自主練するつもりだから、一人で行ってこい」

しっしっと追い払うと、香乃は不満そうな顔をする。

「なんだよー。そんなに無理しなくていいのに」

「誰が無理してるんだよ。お前といるほうが無理――」

「そうじゃなくてさ、そんなに無理して野球が好きだってアピールしなくていいのに」

「――――」

途端、フリーズした。

一瞬、世界から音が消えるような錯覚。

心身を再起動させるべく無理やりに息を吐くと、どくんどくんという心臓の鼓動とともに、世界に音が戻ってきた。

「……なんで、そんなことを」

ぎこちなく問いかけると、香乃は苦笑を浮かべた。

「そりゃ分かるよ。碧と陸、やってる競技に対する熱量が全然違うもん。だから、陸は碧に合わせてるんだろうなあって前から思ってた」

嫌な汗が背中を伝う。

見抜かれた。俺がずっと隠していた部分。俺の心の中で、一番みっともない部分。

身構える俺に、しかし香乃はいつもと変わらない態度で唇を尖《とが》らせていた。

「陸にとってそれが大事なものなのは分かるけど、私と二人の時にまでそのキャラを通す必要はなくない？」

少し拗《す》ねたような態度の香乃。

ただそれだけで、みっともない俺の意地を、嘲笑《ちょうしょう》するでも軽蔑《けいべつ》するでもなく、ごく自然に受け止めてしまった。

「香乃……」

この感情をなんと呼んだらいいのだろう？

驚きと、気恥ずかしさと、喜びと、全てがない交ぜになった、泣きたくなるような感情。

「というわけで、やりたくもない自主練なんてやめて私と遊びに行こう！　いやあ、今日すっごい暇でさー」

俺が自分の感情に戸惑っていると、香乃は俺の手を引いて歩き出した。

そんな彼女に、俺は無理やり仏頂面を作ってみせた。

「なんだよ。結局、自分のためじゃねえか」

「ふふっ、当然でしょ？　ほらほら、行くよ」

俺の手を引いたまま、明るく笑う香乃。

それになすがままにされながら、俺は内心で焦っていた。

——やばい。これはやばい。

どうして俺の中にあった苦しさをあっさり見抜いてしまうんだ。

あっさり受け止めてしまうんだ。

そんなことされたら変わってしまう。

友達だと思っていたのに、友達でいたいと思っていたのに——もっと熱くて切ない気持ちに。


この日から、俺は香乃をただの友達とは見られなくなってしまった。

五回表 ▼▼▼ 問いかけ。

バイト五日目。

まだ本格的な夏休みは迎えていないにもかかわらず、少しずつこのビーチも賑《にぎ》わいを見せてきた。

観光地はイベント合わせで泊まりに来る客が多い。この混雑も、恐らくは花火大会の影響なのだろう。

俺たちといえば、完璧《かんぺき》ではないまでも、毎日同じ作業を繰り返していたおかげでひとまず一定の仕事はこなせるようになった。

これなら花火大会の日にもある程度戦力になれるだろう。

そう思った矢先のことだった。

「すまん、誰かスーパーに食材の買い出しに行ってくれないか？」

昼のピークが過ぎた頃、申し訳なさそうに店長がそんなことを言ってきた。

「買い出しですか？　いつもは配達してもらってるのに」

毎朝、業者がトラックで配達に来て店長が検品する姿を見ている俺は、不思議に思って首を傾げた。

「ああ。業者の手違いで明日《あした》の分の食材が一部間に合わないみたいでね。仕方ないから、今のうちに買ってこようかと」

なるほど。本当は店長が行くのが一番なのだろうが、さすがに俺たちだけじゃ海の家を回せないもんなあ。

「あ、じゃあ私行きまーす！　原付持ってるし！」

と、そのピンチに手を上げたのは香乃だった。

確かに原付を持っている香乃は、買い出しにぴったりである。

ある一点を除けば。

「香乃……お前、普段食材の買い物とかしてるか？」

嫌な予感を覚えつつ確認すると、香乃は不敵に笑った。

「ふ……したことないね！　正直食材の値段相場とか分からないし、なんなら鮮度の目利きも厳しいレベル！」

「堂々と言うな！」

家庭料理ならそれでいいかもしれないが、店でお客相手に出すものが万が一傷んでいたら困る。まして、ものが腐りやすい夏だし。

食材の買い物というのは、意外とスキルがいるものなのである。

「うーん……誰かもう一人付いていってくれないか？」

店長もさすがに不安になったのか、付き添いを募集した。

「私と碧は無理だろうな。怪我があるし、重い物とか運ぶのは厳しい」

二条が少し申し訳なさそうな態度でNGを出してきた。

「うん。確かに足引っ張っちゃいそう」

碧も困ったような表情ながらも二条に同意した。

まあこの二人はそうだろうな。原付に全ての荷物が乗るとは限らないし、スーパーまではそこそこ距離もある。身体に不安のある奴らは除外するべきだろう。

「俺も食材の目利きとかはちょっとな。東雲さんと同レベルの買い物スキルだと思う」

次いで、銀司も苦笑いを浮かべて脱落を宣言した。

「となると……俺か」

自然と同伴が決定してしまい、深々と溜《た》め息《いき》を吐いた。

一応、両親が共働きであるため生活用品の買い物はよくしているし、食材の善し悪しもある程度なら分かる。

「お、陸か。私をエスコートできる喜び、しっかり噛《か》み締《し》めてほしい」

「そんなもん嚙み締めるくらいならハバネロでも嚙み締めたほうがマシだわ」

謎のドヤ顔をする香乃に、俺はこれ以上ないくらいの渋面を返した。

「巳城君、これ買い物メモと財布。あとクーラーボックス持っていって」

「了解です」

「じゃ、行ってきまーす！」

店長から必要なものを渡された俺は、香乃とともに海の家を出た。

「ちょっと待ってて。原付取ってくる」

「おう」

ちょこまかと走って駐車スペースに消えていく香乃を見送ってから、俺は夏の日差しを見上げる。

自宅にいた頃は不快でしかなかった暑さも、夏の海で浴びると風情に感じるから不思議なものだ。

「じゃ、行こうか」

俺が夏の風情を満喫していると、原付の鍵《かぎ》を外した香乃が戻ってきた。

二人、歩き出す。

「それにしても、二人で買い物なんて久しぶりだね。中学の頃は結構あったけど」

原付を引いたまま歩く香乃は、上機嫌で思い出話を振ってきた。

「そうだな。碧に用事があった時とかは二人で行ったっけ」

「ね。ちなみに中学三年になったあたりから露骨に碧が用事で一緒に行けないっていう日増えたけど、あれはなんでなのかな？」

と、香乃はすげえ確信犯的なニヤニヤ笑いを浮かべながら、わざとらしく訊《たず》ねてくる。

「……さあな。進学のことも考えなきゃいけないし、忙しかったんだろ」

「そっか。私はてっきり陸が私と二人きりになれるよう碧に相談した結果かと思った」

「分かってんなら聞くんじゃねえ！」

遠回しな攻め方から一転、ド直球を投げてくる香乃。緩急ついた厄介な配球に、俺は完壁に崩されてしまった。

「当時は碧がマジで忙しいのかなって心配したものだけど、陸の策略だったとはねえ。へー、ふーん、可愛いことするね」

「おいやめろ！　よりによってお前がその部分を批評するな！　なんだ、この黒歴史朗読会！　俺もう帰るぞ！」

マジで踵《きびす》を返しかけたところで、香乃が袖《そで》を引っ張ってくる。

「あははっ！　冗談だって」

「まったく……だからお前と二人行動は嫌だったんだ」

「昔は碧に頼んでまで二人きりになろうとしたくせに？」

「やかましいわ！」

俺たちの買い出しは、なかなか前途多難な幕開けとなった。


三十分後。

スーパーに着いた俺たちは、買い物メモに従って食材を選び、さっさと支払いを済ませて店を出た。

「えーと、もやしとにんじん、中華麺《めん》に豚こま、イカ……よし、食材の買い忘れなし！陸、クーラーボックスに生もの入れて」

「おう。こっちも調味料類は問題なしだ。この辺は原付で頼む」

念のための最終確認を済ませ、俺たちは担当ごとに買ったものを運ぶ。

「よしよし、意外とスムーズに終わったね。これでサボる時間ができた。ちょっと他の海の家に遊びに行こうよ、陸」

また悪い顔で何か言い出した香乃である。

「断る。悪いが俺は仕事に誠実な男だ」

冷たい目で香乃を見るも、彼女はまるで効いた様子がない。

「ふむ。じゃあ言い方を変えよう。商売敵の店を敵情視察しに行こう」

「同じじゃねえか。そんな屁理屈《へりくつ》で動くか」

そもそも、香乃は原付のサイドバッグに荷物を入れてるから負担がないが、俺は普通にクーラーボックスを肩に掛けて運んでいるため、早く帰ったほうが楽である。

よって、悪魔の囁《ささや》きに乗る理由は一つもない。

「いやいや、仕事が早めに終わって暇な時間ができたら、自分から仕事を見つけて働くのが理想の店員ってものじゃない？」

呆《あき》れる俺に、香乃はまるで怯《ひる》んだ様子もなく自説を説いてくる。

「まあ、そりゃあな」

「でしょ？　今私たちは早めに買い物を終えて時間が空いている。ならこの時間を使って敵情視察という新しい仕事をするべきだよ」

「む……」

屁理屈のはずなのだが、なんとなく筋が通っているような気がして、反論が浮かばない。

「いやけどなあ……ちょっとどうかと」

なんとなく釈然としないものを感じ、感情だけで否定するも、やはり理屈が通っていないため我ながら弱々しい。

と、そんな俺を見てあと一押しと思ったのか、香乃がずいっと俺の目を正面から見つめてきた。

「考えてもみなよ。店に戻ったとしても今は暇な時間帯《アイドルタイム》だよ。バイト五人勢揃《せいぞろ》いでだらだら時間を潰《つぶ》すより、敵情視察をしたほうがよっぽど仕事に対して誠実だと思わない？」

「そう……なのか？　なんかそんな気がしてきた」

確かに店に戻っても今は暇だしな。この時間、五人は過剰戦力だ。

「……分かった。敵情視察に行くか」

じっくり考えた末、なんとなく香乃の言葉が正論な気がした俺は、彼女に同意することにした。

「やった！　ふっ……チョロ」

ガッツポーズを取った後、ぼそっとなんか言ってる香乃。聞こえてんぞ。

とはいえ、一度同意した以上は今さら翻すのも優柔不断だ。

やると決めたら、ちゃんと敵情視察をしよう。

「じゃ、行くか」

「りょうかーい！」

クーラーボックスの紐《ひも》を肩にかけ直し、俺は香乃とともに歩き出した。

スーパーから少し歩くと、俺たちの海の家がある浜辺に戻ってくる。

一旦《いったん》、駐車場に原付を止めた香乃は、浜辺に入るなりスマホを見た。

「私たちの職場から一番近い海の家は、ここから二百メートルくらい離れた場所にある店だね。一番のライバルだから気合いを入れるように。あと私がナンパされないよう気を張っていてください」

なんて香乃が色々と話した矢先だった。

「おーい、そこの二人」

早速、怪しげな男が話しかけてきた。

派手な金髪と日に焼けた肌をアロハシャツに包み、グラサンをかけた二十代後半とおぼしき男性。

アロハ男は俺たちの前に立ちはだかると、無駄に馴《な》れ馴れしい笑みを浮かべてきた。

「ねえ君、可愛いねえ。隣の子は彼氏さん？」

その問いかけに、俺は思わず渋面を浮かべた。

「いや違いま――」

「はい、そうです！」

俺が否定するより早く、香乃が晴れやかな笑顔で肯定してしまった。

当然、俺はギロリと彼女を睨《にら》む。

「おいこら、何を勝手なことを」

「いいじゃん。こっちのほうが早く終わるだろうし」

こそこそ小声でクレームを入れるも、香乃も小声で言い返してきた。

確かにこっちのほうが楽だし手っ取り早いのは分かる。分かるが……。

「お前、もしこれが碧に伝わったら……！」

「だいじょーぶだって。いざとなったら私が説明するし」

心配する俺とは対照的に、気楽に請け合う香乃。

とはいえ終わってしまったことは仕方ない。せめて、さっさと解放してもらおう。

そう思ったのだが、男は何故か満足げな顔をした。

「いやあ、やっぱりカップルか！　ちょうどよかった！」

想定外のリアクションに、俺と香乃は揃《そろ》ってきょとんとしてしまう。

すると男は浜辺の一点を指差した。

見れば、そこには簡易的な特設ステージのようなものが出来ていて、見物客らしき人々が集まっている。

「今さ、浜辺のベストカップルコンテストをやってるんだよね。俺、イベントスタッフなんだけど、出場者を探してるんだ。二人で出てみない？　一位になったら賞品もあるよ」

「え、楽しそう。出ま――」

「すみません、仕事中なので」

目を輝かせて出場しようとする香乃を、今度は俺が遮った。

よりによって、そんなもんに出てたまるか。

「むぅ、賞品……」

香乃が不服そうに唸《うな》るが、こればかりは譲るわけにはいかない。

「仕事中……ああ、もしかしてあっちにある海の家？」

店のロゴが書かれた俺たちのＴシャツを見て察したのか、男がそう訊ねてきた。

「まあそうですね」

俺が肯定すると、男は何故かこれ幸いと言わんばかりに頷《うなず》いた。

「そっかそっか。ならカップルコンテストの隣でやってる海の家看板料理コンテストのほうに出ない？　そっちもうちの管轄だから」

続けざまの勧誘に、俺は若干呆れてしまった。

「……なんでそんなにイベントやってるんですか」

「花火大会に照準合わせてやってきた観光客を少しでも多く捕まえたいってことで、この時期の浜辺はずっとこんな感じよ」

なるほど。観光地ならではの事情というやつか。

「いいなあ、楽しそう。ねえ陸、こっちなら出てもよくない？　お店の宣伝にもなるし」

香乃はそわそわした様子で俺のシャツの裾《すそ》を引っ張ってくる。

「まあ、店長が許可くれたらな」

正直、そんな面倒ごとに巻き込まれたくはないが、俺が言っても聞かないのは目に見えている。

さすがに勤務時間中にこんなイベントの参加許可なんて下りないだろうし、ここは良識ある大人に止めてもらおう。

「りょーかい！」

香乃はびしっと敬礼してから、スマホを取り出して店長に電話を掛ける。

「あ、もしもし。東雲です。今陸と一緒なんですけど、海の家看板料理コンテストなるものがやってましてですね。あ、はい。多分それです。え、そうだったんですか？　はい、はい……了解でーす。じゃあ陸にもそう伝えるんで」

会話の途中から香乃の声が明らかに弾んでいた。

あれ、なんか嫌な予感がするな。

おののく俺をよそに、香乃は通話を終えるなり晴れやかな笑みを浮かべた。

「陸、店長の許可下りたよ。出よう！」

「嘘だろ⁉」

思わず愕然《がくぜん》とする俺だったが、香乃が言葉を撤回する様子はない。

「マジだって。このイベント、宣伝になるから店長が毎年出てたんだって。今年は腰が悪いから参加を見送ってたけど、私たちが出たいなら任せるって言ってくれたよ」

「……藪蛇だったかー」

深々と溜《た》め息《いき》を吐いて、俺は自分の判断を悔いた。

とはいえ、許可が出たのなら断るわけにもいかない。

「OK、助かるよ。じゃあ案内するから付いてきて」

俺たちの間で話がまとまったのが分かったのか、チャラいイベントスタッフさんは手招きして歩き出した。

「よしよし！　ほら行くよー、陸」

「……お前といると、本当に変なことに巻き込まれるなあ」

予想外の展開に戸惑いながらも、俺は香乃とともにスタッフの後を追った。

それから十五分後。

俺たちは浜辺に用意された特設ステージの上に立っていた。

周囲にはそれなりの数のギャラリー。参加したのは俺たちを含め八組の海の家。

ここで目立てば、確かに店の宣伝になるだろう。

目立てば、の話だが。

「なあ香乃。今さらだが、お前ちゃんと料理作れるのか？」

目の前に作られた簡易キッチンを前に、俺は恐る恐る訊《たず》ねた。

「もちろん。陸たちが来るまで、客からのナンパがうざすぎてキッチンの仕事やってること多かったからね。とりあえず看板料理の焼きそばだけは作れるようになったよ！」

自信満々にサムズアップする香乃。

そうだよな。いくらなんでも自分が料理できない状況でこんなイベント参加しようなんて言い出すわけがないか。

俺としたことが余計な心配をしてしまったようだ。

『はーい、それではこれより海の家最強看板料理決定戦を始めます！』

さっきのチャラいイベントスタッフがマイクを持ってMCを始めた。器用だな、あの人。

『それでは今回のイベントに参加してくれた八つの海の家を順番に紹介していきましょう。まずはこちら！』

MCがどんどん店を紹介していく。

そして、すぐに俺たちの番も来た。

『さあ、そして今回の飛び入り参加枠にして注目枠。美人看板娘が自ら乗り込んできた！海神屋さんです！』

紹介とともに香乃が笑顔で手を振ると、観客が凄《すさ》まじく沸いた。男だけだが。

「……またこいつの見た目に騙《だま》されて痛い目見る奴が出ると思うと、胸が痛いな」

ぼそりと呟《つぶや》くと、それを耳ざとく聞きつけた香乃がこっちに流し目を向けてきた。

「ほう、まさに私に痛い目に遭わされた陸が言うと説得力あるね」

「アホか。俺は別にお前の見た目に騙されたわけじゃねえよ。初めて会った時のこと忘れたか」

「ほうほう。つまり陸ったら私の中身にべた惚《ぼ》れしてしまったと。普段は人の性格を悪いだのなんだの言ってたくせに、ツンデレさんですか？」

「あはは。昔の俺って女の趣味悪かったんだなあ」

互いに笑顔で火花を散らせる。

俺たちがそんなしょうもないやりとりをしていると、他のメンツの紹介も終わり、いよいよ調理開始に入りそうだった。

『それでは制限時間は三十分。調理スタートです！』

ＭＣのコールとともに全員が作業にかかった。

当然、香乃も臨戦態勢に入る。

「では役割分担をするよ！　まずは陸が材料を全部切る！　そして私はそれを見て頑張って応援する！　以上！」

「分担って言葉の意味知ってるか⁉　どう見てもワンオペなんだわ！」

一方的な役割押しつけに抗議するも、香乃は動こうとしない。

「だって私、包丁使えないし！　いいの？　ここで私が食材を血まみれにしたらまず負けるよ？」

「おい、料理修業してたんじゃないのかよ！」

唐突なカミングアウトに驚く俺に、香乃は何故か堂々と胸を張った。

「しましたとも！　けど材料は全部店長があらかじめ切ってくれてたからね！　私は切っ

た材料を調理することしかできないよ！」

「能力偏り過ぎだろ！　DH《打撃専門》の選手か！」

「あ、野球のことはよく分からないので、全然そのたとえピンと来ないです」

「それに関しては悪かったよ！」

ぐだぐだになりつつも、俺は仕方なく包丁を握った。

店で見た焼きそばの具材を思い返しながら、材料をリズミカルに切っていく。

「え……陸、普通に包丁使えるじゃん」

そんな俺の包丁捌《さば》きを見て、香乃が意外そうに目を丸くした。

「そりゃあこれくらいはな」

うちは共働きなため、俺も多少の料理スキルが付いている。

シニアから帰ってきて夕食がない時とか待ってられなかったし。

「ぐぬぅ……そういえば昔から器用な奴だったよね。恋愛以外は」

「余計な一言を挟むな。ちなみに碧も料理できてたぞ」

悔しそうに歯噛《はが》みをする香乃に追撃の情報をかます。

「なんか悔しいんだけど！　ちょっと私にも切らせて！」

と、それが効き過ぎたのか、香乃が包丁仕事に立候補してきた。

「駄目に決まってんだろ！　指切ったらアウトって言ったのお前じゃねえか！」

「だとしても！　人にはリスクを背負ってもチャレンジしなきゃいけない時がある！」

「それは今じゃないと思う！　くそ、早く切り終えないと！」

香乃が余計なことをする前に作業を終えるべく、俺は包丁の速度を上げた。

「あ、待って待って！」

次々と切り刻まれていくにんじんやキャベツの山を見て、わたわたする香乃。が、もう遅い。

「よっしゃ終了！　さあ切り終えたぞ！」

俺は達成感とともに包丁を置き、切り終えた材料を香乃に差し出す。

「むぅ……いじわる」

よほど悔しかったのか、香乃は唇を尖《とが》らせてこっちを睨《にら》んできた。

「お前が決めた役割分担だろうが。ほら、早くやれ」

「はーい」

まだちょっと不満そうだったが、自分の出番が来てテンションが上がったのか、香乃はすぐに上機嫌に戻る。

フライパンに火を入れ、火の通りにくい野菜から炒《いた》めていった。

「どう？　この慣れた手つき！」

「思ったよりできててびっくりした」

ちょっと不安だったが、実際に見た香乃の作業姿は結構様になっている。

変に茶化して水を差すのも悪いし、ここは褒めて伸ばしてやろう。

「おお、陸が皮肉を言わない！　すごい、ちゃんと私のこと褒めて伸ばそうとしてる！　いいよ、陸！　コミュニケーション頑張ってるよ！」

「逆に俺を褒めて伸ばそうとしなくていいから！　手元に集中してくれ！」

「はーい！」

返事をすると、香乃は鼻歌交じりに調理を続ける。

そうして数分後、彼女は出来上がった焼きそばを盛り付け、満足そうに頷《うなず》いた。

「よし、完成！」

香乃がそう宣言をすると、スタッフの人が近づいてきた。

「はーい、お疲れ様です。じゃ、審査員のところに持っていきますねー」

運ばれる焼きそばを香乃は自信ありげに、俺は割と緊張しながら見守っていた。

視線の先で、審査員の男性が一口食べる。

すると彼はこっちを見て、ぐっと親指を立ててみせた。

「お、高評価っぽい！　やったね、陸！」

審査員のリアクションに気をよくしたのか、香乃は俺に向かって両手を掲げてハイタッチを要求してきた。

「おう、安心したわ」

俺も素直に喜び、香乃と両手を打ち合わせる。

「うんうん、やっぱり参加してよかったね。陸は手を引いてあげた私に感謝すること」

一瞬、また反論してやろうかと思ったが、心底楽しそうな香乃を見たら、そんな気も失せてしまった。

「はいはい。ありがとうございます」

……まったく。

人見知りなところもぼっちなところも変わったけど、こうやって人を振り回すのがうまいところだけは変わらない。

嫌々巻き込まれているはずなのに、気付けばこっちが楽しくなってしまうような。

本当にこいつは昔からそうだ。最後の一線で、ちゃんと人の心に寄り添う。

そういうところに、かつての俺はやられてしまったのだ。

『さて、全チームの試食と採点が終わりました！　これから結果発表に移ります！』

ＭＣのコールを、固唾《かたず》を呑《の》んで見守る俺たち。

『優勝は――』


コンテストが終わり、集まっていた人たちもまばらに捌《は》けた頃。

俺と香乃はイベントの余韻が漂う浜辺に座り、店に戻る前に休憩を取っていた。

「いやー四位とはね」

香乃は記念品としてもらった賞状を掲げ、苦笑を浮かべた。

「ネタにもならない微妙な成績だったな」

銅メダルにギリ届かなかった結果に、俺も微妙な気分になる。

「やっぱり敗因はあれだね。協調性」

「主にお前のな」

尤《もつと》もらしいことを言う香乃を、俺は白い目で見つめる。

「なんだとー。それじゃまるで私が陸のことをむちゃくちゃ振り回して失敗したみたいじゃん」

「まるでじゃないんだわ。まさにその通りなんだけど」

包丁仕事を無茶振りしたあげく、途中で気が変わって奪おうとしてくる暴君ムーブ。ブラック企業でももうちょっと筋が通った業務命令を出すわ。

「ふーん、まあいいよ。四位とはいえ、表彰されるなんて小学校以来だし」

とはいえ、香乃としてはそんなに順位は気にならなかったのか、満足げに頷いて賞状を仕舞った。

「俺もシニア以来だな、こういうの」

うちのシニアは結構な強豪だったため、大会で優勝して表彰されることは何度かあった。

「あ。そういえば、今さらだけど陸って野球辞めたんだね」

シニアという単語から連想したのか、香乃がそんな話題を振ってきた。

「ああ。中学でやりきったよ」

そう報告すると、香乃は微笑を浮かべた。

「そっか。よかったんじゃない？　陸、ずっと無理してたんだし」

「まあな。おかげでまだ野球を好きでいられている」

強豪のシニアや甲子園常連校での練習。

そういう頂点を目指す野球も素晴らしいものだと思うが、俺には合わなかった。

身体は付いていけても、心が付いてこないとでも言うのだろうか。

試合で活躍できなかったからって死ぬほど悔しがることも、勝たなきゃ意味がないなんて本気で言うことも俺にはできなかった。

だから、どんどん俺の野球は苦しくなって……きっとあのまま続けていたら、二度とバットもボールも触りたくないと思う日が来ていたのだろう。

「後悔がないようで何よりだよ」

「……ああ」

そう思えたのは、きっと香乃のおかげでもある。

誰にも言えなかった俺の苦しさに気付いてくれた。それをよしとしてくれた。

あの出来事がなかったら俺はきっと保たなかったし、今みたいに辞めてからも野球が趣味と言えるほどの気持ちは残らなかったかもしれない。

本人には言えないけど、そういうところは感謝している。

「私は、後悔したけどね」

どこか寂しそうに、香乃がそう呟《つぶや》いた。

「後悔って……何を？」

言葉の意味が分からず眉根《まゆね》を寄せる俺を、彼女は静かに見つめ返した。

「陸の告白、断ったこと」

「――――」

その、あまりにも意外な発言に、俺は絶句した。

香乃は硬直する俺を一瞥《いちべつ》すると、感情を隠すように海に視線を移す。

「勘違いしないでね。別にあの時、本当は陸のことが好きだったとか、今さら未練があるとか、そういうわけじゃないし」

そう釘《くぎ》を刺してから、香乃は小さく吐息を零した。

「……ただね、陸の告白を断った後、私には何もなくなっちゃったから。陸も碧も離れて、楽しかった毎日が終わって……そうしたら私には何も残らなかった。そんなの、陸を拒絶した時から分かっていたのに、本当の意味で覚悟ができてなかった」

……俺がフラれた後、香乃と学校で顔を突き合わせることはほとんどなくなった。

失恋の傷が癒えない俺は意図的に避けていたし、香乃もそうだったのだろう。

だから、彼女があの後、どういう日々を送っていたのかは初めて知った。

「あんなふうになるくらいなら、陸の告白を受けておけばよかったって結構後悔したんだ」

唐突で、だけどずっとそこにあったはずの本音の吐露。

何か言わなくては、と思ったけど、言葉が思いつかなかった。

だってもう取り返せない。俺たちの過去は終わったもので、口にしてしまった告白は取り消せなくて、俺と決裂した後の香乃の孤独も、なかったことになんてできないから。

「ま、今はもう新しい友達もできたし、毎日それなりに楽しいし、割り切れてはいるけどね。ただ――」

香乃は、滅多に見せない真剣な表情で再びこっちを見た。

「――碧はどうなんだろうね？」

何かを試すような、測るような香乃の言葉。

それを受けて、俺も思い至った。

もし、今の碧が俺との関係を失ったら、あいつには何が残る？

あいつには俺以外も友達がいる。二条や銀司もそうだ。

だけど、現役であるあの二人と碧の間には一つ大きな壁がある。

その壁を越えられるのは、俺しかいない。

なのに、その俺が告白して、また失敗してしまったら。

碧は、香乃のように孤独を味わうことになるのではないか。

いや――それならまだいい。

一番怖いのは、孤独になるのを恐れた碧が、俺のことを好きではないのに、告白を受けてしまうこと。

そうなった時、俺は自分を許せるのだろうか。

「どう？　困った？」

思考の海に沈んだ俺を呼び戻したのは、悪戯《いたずら》に成功した子供のような香乃の笑みだった。

「……困らせるために言ったのかよ」

なんとか絞り出した俺の言葉に、香乃は楽しそうに頷いた。

「うん。ちょっとだけ意地悪してみた。私のこと好きって言ったのに、碧を選んだから」

「そりゃ、あれからどれだけ時間経ったと思ってるんだよ」

「今の話じゃないよ。中学の時のこと。私とのことが終わった後、碧が肩を壊したでしょ。陸は迷わず、碧を選んだ。約束したのにね」

「…………」

そうだ。

あの告白が失敗に終わって、お互いに顔を合わせて話すことができなくなって。

スマホ越しのやりとりで、確かに約束したのだ。

お互いに落ち着いたら、また今まで通り友達になろうって。

だが、そこで碧が肩を壊した。

そうして俺が選んだのは、香乃との関係修復よりも碧を支えること。

「結局、最後まで私のところには来なかったよね」

その通りだ。確かに俺は香乃を裏切っている。

あの約束は果たされることなく、俺たちはここまで来てしまったのだ。

でも——だけど。

「香乃。俺は……」

「うん。陸は碧を選ぶんだよね。たとえあの時に時間を戻したとしても、もしもなんてないくらい確実に」

少し寂しそうに香乃が告げた言葉に、俺は静かに頷《うなず》く。

「……ああ」

あんな、怪我をして痛々しくなった碧を放置する選択肢は、俺の中にはないから。

俺が香乃と仲直りできなかったのは碧のせいじゃない。俺が心の整理をつけられなかったからだ。

だけど——それはそれとして、俺があの時、香乃より碧を選んだのもまた事実だ。

「でしょ？　だから、ちょっとだけ意地悪したの」

それくらいされても仕方ないと思った。

香乃はずっと友達でいたかったのに、俺がそれを壊してしまった。

そして好きだと言ったくせに、あの時一人になった香乃より碧を選んでしまった。

海神屋

「……悪かったよ」

出会った時からいつも香乃に振り回されていたが、最後の最後に振り回したのは俺のほうだった。

「ふふ、まだ許してあげなーい。陸が、ちゃんと答えを出すまではね」

俺の謝罪を、香乃はしてやったりという表情で拒絶した。

答え、か。

何を問われているのかは痛いほど分かる。

それに答えられなかったから、俺は心の整理がつかなかったのだ。

「香乃。俺は――」

と、俺が口を開こうとした、その時だった。

「あ、いた。おーい陸！　香乃！」

名前を呼ばれて振り向けば、遠くからバスケットを持った碧が手を振っていた。

「碧？」

「どうしたんだろ」

俺と香乃が立ち上がると、碧は小走りでこっちにやってきた。

「二人とも、お疲れ様。店長に頼まれて差し入れ持ってきたよ」

碧は手に持っていたバスケットを笑顔で掲げた。

それを見て、パッと香乃の顔が輝く。

「お、いいね。そういえばまだ私たちお昼食べてなかったし。ね、陸」

もうさっきの真剣さも寂しげな表情もない、朗らかな香乃の顔。

あの話はあそこでおしまいということだろう。

どこか消化不良な感じを覚えつつ、俺もその意図を汲《く》んで笑顔を作った。

「そうだな。いや、香乃が作った焼きそばの残りで妥協しようかと思ってたけど、そうしなくて正解だったわ」

「おいこら、人の作った料理を妥協扱いとはいい度胸だな。ていっ」

冗談めかした俺の脇腹に、香乃がチョップを入れてきた。

「あはは。じゃあみんなで食べようか。海も綺麗《きれい》だし、このへんで食べたらおいしいよ」

俺たちのやりとりを見て、楽しそうに笑う碧。

そうして、昼食を摂るためにレジャーシートを敷き始める。

――だけど、俺の脳裏には、目の前の美しい海よりも忘れがたい光景が蘇《よみがえ》っていた。

不気味なほど美しい夕焼けに照らされた教室。

窓辺に立ち、怒りと悲しみがない交ぜになったような顔で俺を見る香乃。

『――ねえ。友情を壊してまで人を好きになるって、本当に正しいことなの？』

香乃と決裂した日、最後にぶつけられた問いかけ。

あの時の答えを、俺はいまだに出せていない。

五回裏 ▼▼▼ 命綱。

忙しい昼時も終わり、海神屋は暇な時間帯《アイドルタイム》に入った。

嵐のように騒がしいランチタイムを生き残ったスタッフは、まったりした様子で昼に溜《た》まった食器を洗ったり、フロアの清掃をしたりしている。

が、その中で私だけはまだ嵐の真《ま》っ只中《ただなか》ともいうべき落ち着きのなさを維持していた。

「もうすぐ二時半……うぅ、まだ戻ってこない」

時計をちらりと見ては、小さく呻《うめ》く。

さっきから何度もその動作を繰り返す私に、隣で清掃をしていたさーやちゃんが見かねたように溜め息を吐いた。

「落ち着け、碧。ただの買い出しだろう」

「そうだけど……」

店長に頼まれて陸と香乃が買い出しに行ってから数十分。

店を出る二人を気持ちよく送り出した私だが、時間が経つにつれ嫌な想像が顔を覗《のぞ》かせてきた。

もしかしたら、買い物ついでに二人でデートでもしているのでは……いやむしろ最初からそれが目当てで二人で行ったのでは、などと益体もない想像がぐるぐると頭の中を巡ってしまう。

「ここ数日見た限り、巳城はもう東雲さんに完全に気がないみたいだし、もっとどっしり構えたらいいのに」

「頭では分かってるんだけど……」

ノーアウト満塁の場面では、誰もが緊張する意味がないと分かっているのに、それに反して誰もが緊張してしまうもの。

つまり心というのは理屈の通りには動かないものなのだ。

「まあ、気持ちは分かるけどな。ただ、いつ戻ってくるか考えてもやきもきするし、巳城が戻ってきたら何をするかを考えたらいいんじゃないか？　そのほうが気も紛れるでしょ」

さーやちゃんも理屈で宥《なだ》めても意味がないと分かったのか、説得の方法を切り替えた。

「確かに……そっちのほうがポジティブかも」

建設的な意見をもらい、ちょっと気分が明るくなる。

「だろ？　今日暇だし、多分あの二人が戻ってきたら誰か今日のシフト上がりになるだろうから、二人で早めに上がって遊びに行ったら？」

「え、いいの？」

ちょっと申し訳なくなる私に、さーやちゃんは笑ってみせた。

「気にするな。こういうのは持ちつ持たれつだ。そうだ、今日ちょうど東の浜辺でカップルコンテストやってたはずだし、巳城と一緒に出ちゃったらどうだ？」

「カ、カップルコンテストって。そんなのまだ早いし」

さーやちゃんにからかわれ、私は顔を赤くする。

でもこう、何かの間違いで参加とかできたりしたら素敵かもしれない。その場の流れで付き合っちゃう？　みたいな話になったりして。

取らぬ狸の皮算用とは分かっていても、ちょっと夢が広がってしまった。

と、そんな私を正気に戻すように、店の電話が着信音を鳴らす。

すると、受話器に一番近かった店長が応対した。

「はい、もしもし。おお、香乃ちゃん」

まさにさっきまで考えていた相手の名前が出て、私はぴくりと反応した。

「……ん？　ああ、あの東の浜辺でやってるやつな。別にいいよ。元々、毎年宣伝になるから出てたし。今年は腰がやばいからスルーしたけど。任せるわ。じゃあ、また」

ピッと電話を切る店長。

「店長。香乃と陸、どうかしたんですか？」

通話内容が気になった私は、思わず訊《たず》ねてしまった。

すると、店長は何気ない様子で答える。

「ああ、今日浜辺でちょっとしたコンテストをやってるんだけど、香乃ちゃんと巳城君が出たいって言ってきたんだ」

「え……」

予想外の言葉に、私は絶句した。

浜辺でコンテストって……それさっきさーやちゃんが言ってたカップルコンテストじゃないの!?

そ、そんなまさか！　買い物に行っていた数十分であの二人にいったい何が……!?

「そ、それで店長はなんて言ったんですか？」

聞きたくない……が、聞かないわけにもいかない。

私は恐る恐る踏み込んでみることにした。

「ん？　出たいなら出ていいぞって」

「なんてことを！　店長、本気ですか!?」

軽い調子でとんでもないことを認めてしまった店長に、私は必死の形相で詰め寄った。

その剣幕に、店長は困惑したような反応を見せる。

「な、なんかまずかったか？　あの二人ならうまくいくと思うんだけど」

「うまくいったら困るんですよ！　できれば失敗してもらわないと！」

「なんで!?　あの二人がうまくいったらみんな得するのに！」

「ここに一人不幸になる人間がいるんです！　今からでも呼び戻してください！」

「西園寺さん、この店嫌いなの!?　それとも焼きそばが嫌いなの!?」

「……焼きそば？」

よく分からない単語が出てきて、私はピタリと止まった。

すると、私が落ち着きを取り戻したからか、店長もほっと息を吐いて頷く。

「そう。今、浜辺で海の家の看板料理コンテストをやってるんだ。それに二人が出たいって言って……」

「か、看板料理……？」

その答えに、私は思わずよろめく。

ま、まさかカップルコンテスト以外にそんなイベントがあったなんて。

そうとも知らず、私はなんたる醜態を……！

「あ、あああぁぁぁぁぁぁぁ……！」

私は顔を押さえて蹲《うずくま》り、ひたすら呻く。

「ええと、西園寺さん？　大丈夫？」

「あ、店長。そっとしといてあげてください。いつもの発作なので」

心配そうな店長と呆《あき》れたようなさーやちゃんの声が頭上から降ってきて、私は完全に撃沈してしまうのだった。


「はー……すごい恥かいちゃった」

バスケットを持った私は、さっきの騒動を思い出しながら、とぼとぼと浜辺を歩く。

あの後、店長は二人に差し入れを持っていく役目を任せてくれた。

……あんな醜態を晒《さら》した後で店に居続けるのは苦しいだろうという、大人の配慮である。

正直助かるので、素直にその心遣いを受け取り、私は店から逃亡した。

「陸たち、どこかな……」

カップルコンテストではなかったとはいえ、二人で共同作業をするイベントというのは心の距離が近づきやすいものだ。

何か二人の関係にも変化が訪れているのでは……と思うと、いても立ってもいられない。

自然と私は早足になり、二人の行方を捜す。と、看板料理コンテストのものと思しき特設会場が見つかった。

イベントはもう終わったらしく、会場は解体作業が始まっているが、その近くの浜辺に陸と香乃が座っているのが見えた。

ちょうど人気もなく、妙にいい雰囲気に見える。

その様子に、少し胸に痛みが走った。

声をかけることに微妙な後ろめたさを感じたが、こちらには仕事という大義名分がある。

一つ深呼吸をして笑顔を作り、一歩踏み出す。

「り――」

「私は、後悔したけどね」

私が呼びかける寸前、風に乗って香乃の声が聞こえてきた。

思わず、息を呑《の》む。

「後悔って……何を？」

「陸の告白、断ったこと」

そんなやりとりに、私の頭は真っ白になる。

ただ、ここで見つかるのはよくないという意識だけが働き、私は解体途中だった特設会場の陰に身を潜めた。

その間にも、二人の会話は進んでしまう。

「……ただね、陸の告白を断った後、私には何もなくなっちゃったから。陸も碧も離れて、楽しかった毎日が終わって……そうしたら私には何も残らなかった。そんなの、陸を拒絶した時から分かっていたのに、本当の意味で覚悟ができてなかった」

香乃の言葉に、心臓が跳ねる。

ひやりと、冷たい手で背筋を撫《な》でられるような感覚。

今まで私が気付いていなかった、いや気付こうとしてこなかった何かに、香乃は踏み込もうとしているのが分かった。

「──碧はどうなんだろうね？」

そうして、その問いかけが放たれる。

無論、私に向けられたものじゃない。だが、それは私の胸を深く抉《えぐ》った。

──私は、今まで大きな思い違いをしていた。

私はずっと陸にフラれるんじゃないか、うまくいかないんじゃないかと不安がっていた。

「でも違う。もし、私が今告白したら……」

一〇〇％、成功する。

だって私には陸しかいない。
もちろん、さーやちゃんや銀司君はよくしてくれるし、友達だと思っている。
でも、彼女たちに心の全てを見せられるかと言ったらそうじゃない。
あの二人は……私が送れなかった、羨《うらや》ましい青春を送っている人たち。
その羨望《せんぼう》が嫉妬《しっと》にならないよう、私はずっと自分を律している。
そんな私のみっともなさも、惨めさも、受け止めてくれるのは陸だけ。
自分の情けない部分を見せてまで私を引き留めてくれた、陸だけなのだ。
そして、陸は誰よりもそれを分かっている。
「そんな陸が……私の告白を拒絶するわけがない」
たとえ、陸の気持ちが私に向いていなくても。
香乃との関係修復に背を向けてまで、私を支えてくれた時のように。
また、自分の心に蓋《ふた》をして私のことを受け入れるだろう。
それを分かっていて――告白なんてしていいわけがない。
「……悪かったよ」
心をぐちゃぐちゃにかき乱される私をよそに、陸と香乃はどんどん話を進めてしまう。
「ふふ、まだ許してあげなーい。陸が、ちゃんと答えを出すまではね」

――答え。

何の答えかは分からない。

だけど、きっと致命的な何か。

陸がその答えを出してしまえば、この停滞していた私たちの関係は、きっと変わってしまう。

その覚悟が、今の私にはまだできそうにない。

「香乃。俺は――」

「あ、いた。おーい陸！　香乃！」

だから、咄嗟《とっさ》に割り込んだ。

笑顔を作り、葛藤《かっとう》を心の奥の奥に沈めて。

「二人とも、お疲れ様。店長に頼まれて差し入れ持ってきたよ」

何事もなかったかのように、私は二人に近づく。

分かっている。こんなの単なるその場しのぎの時間稼ぎだ。

だけど、その時間が今の私にはどうしても必要だった。

「お、いいね。そういえばまだ私たちお昼食べてなかったし。ね、陸」

「そうだな。いや、香乃が作った焼きそばの残りで妥協しようかと思ってたけど、そうしなくて正解だったわ」

「おいこら、人の作った料理を妥協扱いとはいい度胸だな。ていっ」

さっきまでの真剣な雰囲気は霧散し、二人は和やかに私の会話に乗ってくれた。

「あはは。じゃあみんなで食べようか。海も綺麗《きれい》だし、このへんで食べたらおいしいよ」

その落ち着いた雰囲気を保ちつつ、私は必死に頭を回し続ける。

――稼いだ時間で何をやらなければいけないのか。

そんなことはもう分かっている。ずっとずっと前から分かっていた。

私を空っぽのまま停滞させている原因。

私がずっと目を逸らし続けていたこと。

それと、向き合わなければいけない時が来たのだ。

プロローグ4。

「俺、香乃のことが好きだ」

——この気持ちが、香乃に対する裏切りであることは分かっていた。

だけど……いや、だからこそ。

俺は告白せざるを得なかった。

香乃は聡《さと》い。特に、人の心については。

どんなに隠そうとしても、彼女が少しずつ俺の真実に近づいているのは感じていた。

この真綿で首を絞めるような時間の果てに待っているのは、決定的な破綻《はたん》。

ならば、香乃が勝手に察して勝手に破綻するより、俺の手でこの関係の結論を出すのが
せめてもの誠意だと思った。

「……薄々、そうじゃないかとは思っていたんだけどね。最近の陸を見てたら、もしかしたらって」

初めて会った時を思い出すような、夕焼けのあかね色を弾いて輝く金髪と、人形めいた

美しい顔立ち。

その整った顔に寂しそうな笑みを浮かべて、香乃は静かに俺の告白に応じた。

「でも——そうじゃなければよかったとも思ってたんだよ、陸」

その一言で、俺の失恋は確定した。

分かっている、きっと彼女にとってこれはバッドエンド。

「なんだろうね。何が悪かったのかな。私たちの間には確かに友情があったはずなのに。それはどこへ行ってしまったんだろう？」

天を仰ぐ香乃の口調には、明確な嘆きが滲《にじ》んでいた。

彼女に近づいてくる人間は、その美しさに惹《ひ》かれた男か、嫉妬に焼かれた女だけ。

そんな中でようやく摑《つか》んだ友情が、この瞬間に壊れたのだ。

よりによって、香乃の渇望を誰よりも理解していた俺によって。

「私には恋が分からないよ。私を好きになって幸せになった人はいないから。ねえ陸、人を好きになるってそんなに素敵なこと？　この楽しい——楽しかった日々を壊してまで、告白する必要はあった？」

震える声で問いかける香乃の瞳《ひとみ》には、初めて見る涙が浮かんでいた。

「——ねえ。友情を壊してまで人を好きになるって、本当に正しいことなの？」

友情を裏切った俺を糾弾する香乃の言葉が、失恋の痛みとともに刻み込まれた。
この時、俺はこの問いかけには答えられず、二人の関係は終わった。
そして一年後――再び、俺は同じ答えを求められている。

六回表 ▼▼▼ 答え。

花火大会当日を迎えた。

碧との約束や香乃の問いかけ。多くの課題を抱えたままやってきた運命の日。

だが、俺はそんなイベントに浮かれることも、香乃の言葉に思い悩むこともなかった。

何故なら——。

「陸、オーダー入るぞ！　焼きそばとたこ焼きが2、ソフトクリームが4！」

「了解！　碧、テイクアウトのほうが混んできたから対応頼む！」

「分かった！　さーやちゃん、代わりにフロアお願い！」

「ああ！　銀司、レジと配膳《はいぜん》は私が受け持つから注文取りは任せた！」

目が回るような忙しさの店内では、余計なことを考える暇がないからだ。

店内の喧噪《けんそう》は昨日までの三倍、浜辺に至っては十倍とも思える人の群れである。

まるで甲子園決勝の客席くらい騒がしく、海は人でひしめき合っていた。

「くっそ、正直舐《な》めてたな。ここまで急激に客足が変わるなんて」

この日のために俺たちを追加で雇ったのは分かっていたが、新人四人じゃ全然足りない。

キッチンに入った俺は、ひたすら料理を盛り付けては二条に渡す作業を続ける。

「いやあ、陸たちが来なかったらこれを私と店長だけで回してたのかー。ぞっとするなあ」

俺と同じくキッチン担当の香乃が、手を動かしながらも引きつった表情で呟《つぶや》いた。

「運がよかったな」

泳いでから花火大会に行こうという人が多いのか、まだ昼過ぎなのにこの忙しさである。

俺たち抜きでは絶対にパンクしていただろう。

「だね。陸の言う通り、私は運と顔だけはいいから助かったよ」

「一個言った覚えのない褒め言葉が追加されてるんだけど。なんで利子ついちゃったの」

「細かいことは気にしない。それより冷蔵庫の瓶ビール減ってきたし、早めに追加分を冷やしとかないと。頼んでいい？」

「おう。キッチンは任せた」

ビールケースは重いため、俺が担当したほうが合理的だ。

俺は素直に引き受けて、食品庫へと向かう。

缶詰や調味料など、常温で保存できる食品が置いてある空間。

「あれ……？　ビールケースがないな」

いつもであれば食品庫の手前に置いてあるはずのビールケースがない。

もしや、発注間違えて使い切ったか？

「店長、ビールケースが見つからないんですけど」

厨房《ちゆうぼう》で食材を切っていた店長に訊《たず》ねると、彼ははっとしたような顔をした。

「すまない。今日に合わせて大量発注したら食品庫に入りきらなかったから、違う場所に置いたんだった。案内するよ」

店長は作業の手を止め、こっちに近づいてきた。

「場所だけ分かれば俺だけで行きますけど」

「いや、ちょっと一人じゃ取りづらい場所だから。一緒に行ったほうがいい」

「了解です」

店長は厨房を出ると、俺を先導して歩き始めた。

連れてこられたのは、外にあった車庫。

そこに停めてあったハイエースに店長が鍵《かぎ》を差した。

「ひとまず、この中に入れてたんだ。運び出すから手伝ってくれ」

車内を見れば、トランクから座席までたっぷり瓶ビールのケースが置いてある。

なるほど。厨房が忙しいのによく案内してくれたなと思ったが、車の中じゃ俺が勝手にいじるわけにはいかないか。

店長はハイエースの隣に置いてあった台車を出すと、トランクを開けた。

「とりあえず二人で運び出しちゃおう。早く戻らないと香乃ちゃんがパンクしちゃう」

「了解です」

今頃一人でキッチンを回している香乃の慌て顔を想像して、俺は少し笑う。

それから、店長と二人でビールケースを急いで運ぶことにした。

が、何か忘れているような気がしてならない。

「じゃあ台車に積んでいくよ」

「はい！」

引っかかるものはあったものの、この忙しさの前では些細《ささい》な違和感である。

俺は脳の奥に違和感を追いやり、仕事に集中することに。

「よっと！」

ビールケースを持ち上げると、結構ずしっとした感覚が上半身に走る。

シニアでやらされた冬の基礎練習を思い出す。

この手の重量物を持つ時は、横着して腕だけで持ち上げようとしてはいけない。

きちんと膝《ひざ》を曲げ、全身の力で持ち上げるのがコツだ。

でないと、負担が全部腰にかかってしまい、腰を怪我しかねない。

「……ん？」

あれ……腰に怪我？

そういえば、店長って――

「あぐっ⁉」

俺がその事実に思い至ると同時、隣から奇声が上がった。

振り返ると、中途半端にビールケースを持ち上げようとして、そのまま固まった店長の姿が。

「店長……もしかして」

俺が恐る恐る呼びかけると、顔から脂汗を流した店長は、泣き笑いのような顔で頷《うなず》いた。

「うん……やっちゃった、腰」

――こうして、最も忙しい修羅場に店長が戦線離脱することになったのだった。

「うぅ……すまない。応援には早めに来てくれるよう頼んだから」

休憩室に寝かされた店長は、痛みを堪えるように顔をしかめながらも、申し訳なさそうにこっちを見た。

「無理しないでください。こっちはこっちでなんとかしますんで」

「任せたよ……俺も少し休んだらきっと戻るから」

俺が笑顔を作って請け合うと、店長もそれで安心したのか、深く息を吐いて身体から力を抜いた。

「じゃあ、俺行きますんで」

それを見て、俺は急ぎ休憩室を出た。

「やっほ、陸。大丈夫そう？」

すると、何故か廊下に座り込んでたこ焼きを食べる香乃と出くわした。

「こんなところで何やってんだ」

「二条さんにキッチン代わってもらって休憩中……五分だけだけど。持久戦になるし、食事くらいは摂らなきゃ保たないからね」

ちらりと休憩室のほうを見る香乃。

店長を寝かせているから、ここで休憩を取っていたらしい。

「で、店長はどう？」

香乃の問いかけに、俺は無言で首を横に振った。

途端、彼女は深刻そうな表情を浮かべる。

「そっか。よし、なら店長が早く復帰できるように、私が付きっきりで看病してあげよう。陸、ここは私に任せて先に行って！」

「死亡フラグみたいに言ってるけど、楽なほうに居座ろうとしてるだけじゃねえか！　お前も働くんだよ！」

俺は休憩室に入ろうとした香乃の首根っこを摑《つか》むと、無理やり引き連れて歩き出す。

そして厨房に入るなり、修羅場を一人で捌《さば》く二条と目が合った。

「戻ってきたか。早速で悪いが交代してくれ！　フロアもパンクしそうだ！」

「了解！」

俺と香乃は揃《そろ》って戦線に復帰した。

山のように積まれた伝票を一つ一つ確認し、香乃と協力して処理していく。

とはいえ、次から次へと入るオーダーに、徐々に首が絞まっていくのが分かった。

「くそ！　それにしても忙しすぎるだろ！」

俺たちが来なかったら、これを香乃と店長の二人で回していたなんて信じられない。店長、あまりにも無策すぎないか⁉

と、俺の悲鳴に香乃が反応する。

「あ、そういえば、さっきフロアに出た時、看板料理コンテストの子だって声掛けられたんだけど。あのコンテストの写真、ここの観光案内のＨＰに載ったらしいし」

「あれのせいか！　最悪のタイミングで宣伝効果出ちゃったな！」

俺たちが掘った墓穴だった。なんてこった。

「香乃、お前はもうフロア出るなよ。絶対お前をナンパする目的で来てる奴もいるし！」

この修羅場で新たなトラブルを持ち込まれては困るため、あらかじめ厄介ごとの芽を潰《つぶ》しておく。

が、何故か香乃は死ぬほどあざとい流し目をこっちに送ってきた。

「え、なになに陸、独占欲見せちゃってる？　参ったなあ」

「参ってんのはこっちだよ！　随分余裕あるな、お前！」

忙しさのせいか互いにテンションが変にヒートアップし、馬鹿なやりとりをする俺たちである。

とはいえ、この数日間真面目に仕事を覚えようとしてきた経験が活きたのか、ぎりぎりで仕事は回っていた。

昼のピークを過ぎたこともあり、なんとか店長抜きでも均衡を保つことに成功する。

これなら応援が来るまで耐え凌《しの》げる——そう思った時だった。

電話の呼び出し音が店内に響く。

「はい、海神屋です。はい……え、弁当？　はい、はい」

電話に出た香乃が、訝《いぶか》しげに小首を傾げながら応対する。

しばらくやりとりを続けてから、彼女は電話を切った。

「誰からだ？」

なんだか嫌な予感がして訊ねると、香乃は深刻そうな顔をしてこっちを見た。

「花火大会の運営委員会だって。約束の弁当、十六時に届けてほしいって」

「弁当だと？」

俺の言葉に、香乃は頷く。

「そういえば……陸たちが来るちょっと前に店長が話してた。花火大会の運営委員会と花火職人さんたちに弁当を持っていくの、毎年この浜辺にある海の家が持ち回りで担当してるんだって。今年はうちの番らしい」

「よりによってかよ！」

他の海の家にパス……はできないか。どこも繁忙期。

コンビニやスーパーで弁当買ってきてくれというのも無理だろう。この人手じゃ近隣の店舗の総菜はあらかた全滅している。

「内容は焼きそばとかたこ焼きとか、うちで出してる商品でいいって言ってたから作るのは楽だろうけど、問題は――」

「配達、だな」

この混雑した浜辺を、大量の弁当を持って動くとなると、かなりの時間がかかる。

となると、適任者は自然と絞られる。

「また私が行くべきかな。混んでる浜辺を徒歩で抜けるより多少遠回りでも原付でビーチ沿いの道路を通っていったほうが早いでしょ」

俺と同じことを考えたらしい香乃が立候補する。

「それしかないか」

この状況で時間をかけ過ぎれば、店が回らずにゲームオーバーだ。

よって原付の機動力がある香乃が適任。

ただ一つの問題を除けば。

「一応言っておくが、またこの間みたいにサボろうとするなよ」

念のために釘《くぎ》を刺しておくも、香乃は心外だと言わんばかりに唇を尖《とが》らせた。

「さすがにこの状況でそんなことするわけないでしょ。ちゃんと戻ってくるよ。多分、きっと、メイビー」

「メイビーじゃ困るんだわ！　なにちょっとサボる可能性ちらつかせてんだ！」

「冗談だって！　戻ってくるから心配しないで！」

いまいち信用ならないサムズアップをする香乃。

一抹の不安は残るものの、他に選択肢もないため、こいつを見送るしかないのが歯がゆいところだ。

「まったく……頼むぞ」

俺たちは注文のかかった弁当を作り、香乃の原付に積める形にする。

「よし、じゃあ超速で行ってくるんで！　なんとか粘っててね！」

びしっと敬礼をしてから、弁当を持って店を出ていく香乃。

それを見送ってから、俺は溜《た》まった伝票の山に再び向き合った。

「頼むからもう誰も減ってくれるなよ……」

香乃に影響されたのか、フラグになりそうなことを呟《つぶや》き、俺は作業に戻った。


が、幸いなことに俺が立てたフラグは回収されることなく、四人全員が無事の状態で仕事は続いた。

とはいえ、香乃がいなくなった分、作業は徐々に、しかし確実に回らなくなっている。

「陸、ソフトクリームお願いしていい？」

「任せろ！」

香乃の代わりにキッチンに入った碧と二人、必死に危機を凌ぐ。

現状は、破綻《はたん》が見えた持久戦。

ベンチメンバーを使い切り、代打も投手交代もできない状態で延長十五回まで戦わなければならない状況。

もう一個でも何かトラブルが起きたら絶対に対応できない。

「綱渡りだな……！」

息切れしながら客を捌き、すぐそばに迫る破綻を遠くに押しのける。

「よう陸、調子はどうよ」

俺がソフトクリームを作っていると、同じくかき氷を作りに来た銀司が隣に並んだ。

「絶好調……と、強がりたいところだが、正直厳しいな。先が見えないでマラソンしてるようなもんだ」

体力はもちろん、明確なゴールが見えないというのは精神的に厳しく、疲労を何倍にもするものだ。

何かモチベが上がることがあればいいのだが。

「ほう、それならチャンスだな」

と、俺の弱音を聞いて、銀司がよく分からない感想を返してきた。

「チャンス？　何がだよ」

小首を傾げる俺に、銀司はにやりと笑う。

「これだけ辛い状況なら碧ちゃんだって当然辛いだろ？　絶対誰かに助けてもらいたいはずだ。そこで仕事をバリバリこなす陸がフォローとか入れてあげたら――」

「……めっちゃかっこよく見えそう！」

「だろ？」

銀司の企みに、俺は目から鱗《うろこ》が落ちるような気分になった。

モチベが……モチベが湧いてきた！

よく考えたらキッチンって今二人きりだし、これ実質共同作業じゃね？　二人の距離が縮まるイベントとしてお馴染《なじ》みの共同作業……！

しかも、俺のいいところを碧に見せるチャンス！

「銀司、俺はやるぞ！」

疲労が吹き飛ぶ。今ここに精神が肉体を凌駕《りょうが》した！

「待ってろ！　碧！」

出来上がったソフトクリームを銀司に渡し、俺は厨房《ちゆうぼう》に戻っていく。

「……扱いやすいなあ、あいつ」

背後から銀司が何か言っているのが聞こえたが、今の俺にはどうでもいい。

二人きりで、頼りになるところを碧に見せる。

そんな邪心に満ちたまま俺はキッチンに戻り——

「ああ……長い時間任せてすまなかったね。少しは動けるようになったから手伝うよ」

——よろめきながらも戦線復帰した店長に出迎えられた。

「…………………………………おかえりなさい」

待ち望んだ戦力アップ。そのはずである。

でもなんだろう……この釈然としない気持ち。

「やったね、陸。これで助かったよ」

「そ、そうだな」

ほっとした様子の碧が嬉《うれ》しそうに笑うのを見て、俺はなんとも言えなくなる。

この盛り上がったばかりの邪心を、どこにぶつければいいのか。

仕事か、やっぱり仕事にぶつけるべきか。

「……くそぅ！」

世の中のままならなさに悪態を吐いて、俺は全ての感情を仕事にぶつけるのだった。


店長が戻ってきたおかげで、なんとか均衡を取り戻した海神屋。

それから三十分ほど経った頃だろうか。

唐突に店の裏口が開き、誰かが入ってくるのが分かった。

「お邪魔しまーす。信吾、生きてるー？」

聞き覚えのある女性の声が聞こえてきたかと思うと、ひょこっとキッチンに顔を出してきた。

店長と同じくらいの年齢の女性。

宿泊先である国親家でお世話になっている、店長の奥さんの恭子《きょうこ》さんだ。

彼女の姿を見るなり、店長が安堵《あんど》の表情を浮かべる。

「やっと来てくれたか！　悪いけど早速入ってくれ！」

恭子さんは頷《うなず》いてから、責めるような目を店長に向けた。

「はいはい。まったく、あんなに無理するなって言ったのに重い物運んで腰痛を再発させるなんて。おかげで二人ともへろへろになってるじゃない」

「ぬ……返す言葉もない」

奥さんに叱られ、しゅんとした様子の店長。

それを見てから、恭子さんは再びこっちを見た。

「じゃ、二人はもう上がっていいよ。銀司と沙也香ちゃんはフロア？　他にも応援連れてきたから、あの二人にもちょうどいいところで上がるように言って」

待ちに待った終了の合図に、俺と碧は目を合わせて喜ぶ。

「ありがとうございます！」

「や、やっと終わったー……！」

緊張の糸が切れたのか、俺は溜まっていた疲労が吹き出てきた。

隣を見れば、碧も同じような状態である。

「あとは私がなんとかするし。四人とも本当にお疲れ様」

――四人。

そう言われて、忙しさにかまけて忘れていたことを思い出す。

「……香乃」

俺が名前を出すと、碧と店長も彼女の存在に思い至ったのか、はっとしたように目を見開いた。

「そういえば遅いね。出ていってから、もう一時間くらい経つのに」

「ちょっと連絡取ってみるよ」

店長が店の固定電話を使って電話をかけてみる。

「……香乃ちゃんのスマホ、圏外みたいだ。この混雑だし通話は難しそうだね」

こういったイベントで人が普段より圧倒的に多く集まった時、基地局の対応能力を超えて、スマホの電波が弱くなったり圏外になったりすることがままあるが、どうやらそれが起きてしまったらしい。

連絡ができないと思うと、より一層不安をかき立てられる。

「あいつ、なんかトラブルに巻き込まれたんじゃないか？」

いくらなんでも、この状況でサボるような奴じゃないだろう。

となると、きな臭い気配がしてくる。

「そうと決まったわけじゃないよ。道路が混んでて、戻ってこられないだけかもしれないし……」

碧の言葉に、俺も少し冷静さを取り戻す。まずは確認だ。

「そもそも、花火大会の運営委員会ってどこにあるんですか？」

「ここだね」

店長は店に置きっぱなしだった浜辺の観光案内のパンフレットを手に取ると、浜辺のある一点を指差した。

距離的には海神屋から五百メートルってところか。

平時であればたいした距離ではないが、渋滞にでも嵌《は》まったら話は変わる。

であれば、やはり単純に混雑に巻き込まれただけか。

「……ねえ。ここって、陸が言ってたナンパスポットじゃない？」

俺が結論を出しそうになった時、碧が地図のある一点を指差した。

香乃の予想進路のすぐ近くにある場所。

確かに、しつこいナンパ師がたむろしているスポットだと、以前香乃に教えてもらったところだ。

花火大会という浮かれるイベント、お酒が入っている奴もいるだろう。

思わず嫌な想像をしてしまい、いても立ってもいられなくなる。

「今から捜しに行く。銀司も呼んでくれ！」

「じゃあ私も！」

俺に付いてこようとした碧を、俺は押し留める。

「いや、戻ってきた香乃とすれ違いになる可能性もあるから、碧と二条は店の周辺であいつを待っててくれ。捜しに行くのは俺と銀司だ」

万が一の安全性も考えて、そう指示を出す。

香乃が危ない状況になっていたとして、二条と碧では危険が増すだけだろう。

「分かった。じゃ、銀司君呼んでくるね！」

碧がフロアに消えていく。

しばらくして、深刻な表情をした銀司がやってきた。

「銀司、すまん！」

「いいって。細かい話は道中で聞く。行くぞ！」

銀司は深く聞かず、俺と一緒に走り出した。

店を出ると、いきなり凄《すさ》まじい混雑に出くわす。

人波というより、もはや壁。

それでも躊躇《ためら》っている暇はない。

俺たちは臆《おく》さずに壁に挑み、浜辺を抜けて道路までの道を切り開いていった。

道路沿いに出ると、浜辺よりも随分と混雑はマシになる。

とはいえ、相変わらず人は多いが。

「ちっ……思った以上に混んでるな。陸、二手に分かれよう。お前は順路で進め。俺は人混みの死角になっているところを中心に回る」

「分かった。頼むぞ、銀司！」

「おう！」

効率化するため、俺たちはそれぞれ違うルートで捜索することに。

一人になった俺は、ひたすら人混みの中から原付に乗った少女の姿を捜す。

息が切れても構わず走り、必死になって香乃を捜し続けた。

「くそっ！」

今回のことは完全に俺の見通しの甘さが原因だ。

いくら原付を持っているからって、香乃を行かせるべきじゃなかった。

昔からあいつは人を惹《ひ》きつけるくせに、それをうまく捌《さば》けない奴なのだ。

だから、いつも望まぬ騒動に巻き込まれてしまう。

そんな香乃を一人にしたらいけないって、ずっと前から分かっていたはずなのに……！

「あれー？　陸じゃん、どうしたの？」

悔恨に唇を噛《か》む俺の前に、ふと能天気な声が響いた。

いつの間にか俯《うつむ》いていた顔を上げる。

そこには、原付を押しながらひらひらと手を振る香乃の姿があった。

「香乃……」

俺は驚き、目を見開く。

「はい、香乃です。どうしたの、そんな生き別れの家族に再会でもしたような顔して」

息を切らした俺に、香乃は不思議そうに小首を傾げた。

「あれ、香乃ちゃんのところの店員さん？　お迎えに来たのかな」

よく見れば、香乃の隣には『運営』という腕章をつけた大人の男性が並んでいる。

「はい、そうみたいです」

「そ。じゃあここからは彼に送ってもらって。今日は忙しいのにありがとね」

腕章をつけた男性は、軽く手を上げてから踵《きびす》を返した。

「はーい！　わざわざありがとうございました！」

香乃もにこやかに手を振って男性を見送る。

そのやりとりを見届けて、俺はようやく安堵した。

「はー……まったくお前は」

深々と息を吐く俺を見て、香乃はなんとなく状況を察したらしい。

気まずそうに目を逸らした。

「いやあ、もしかして心配かけちゃった？」

「当たり前だ、まったく。まあ何もなくてよかったけどさ」

「う……ごめん。なんか運営の人たちに気に入られちゃってさあ、ちょっと長話になっちゃった。けどほら、少し待ってたら送ってくれるって言うし、私もそっちのほうが安心かなって」

的外れな心配をしていた気恥ずかしさと、何事もなくてよかったという安堵が混じり合い、俺は不思議と妙に脱力した笑いを零した。

「ほんと、昔からお前には振り回されてばっかだよ」

苦笑を浮かべながら、俺は何故か晴れやかな気分になっていた。

本当に昔から振り回されてばっかりだ。

——けど、昔のままじゃない。

あんな年の離れた初対面の人と仲良くなって、こうして心配して送ってもらうなんて、昔の香乃じゃできなかったことだ。

そうだよな。俺たちが離れてから一年だ。

この一年、こいつはそれなりにやってきて、俺の知らないところで自分の心にも周りの心にも、うまく折り合いをつけて生きてきたのだろう。

いつまでも、俺と一緒にいた頃の香乃ではないのだ。

俺が、いつまでも香乃と一緒にいた頃の俺ではないように。

「もしかして、他のみんなも心配してたりする？」

はっとしたようにその事実に気付く香乃。

「ああ。そりゃもう店中大騒ぎよ」

「うわ、やらかした！　連絡の一本くらい入れておけばよかった……って、圏外じゃん！」

慌ただしくスマホを取り出すなり、圏外の表示を見て動揺する香乃。

「この辺、混雑してるせいで繫《つな》がりにくくなってるんだよ」

俺の言葉に、香乃も納得したように頷《うなず》いた。

「む、なるほど。じゃあ、どうやったら繫がるかネットで調べて……って、圏外じゃん！」

「一人で何をやってるんだお前は」

呆《あき》れる俺に少し恥ずかしそうな顔をしてから、香乃は誤魔化すように咳払《せきばら》いをした。

「こほん。まあ少し動けば電波いいところ見つかるだろうし、移動しましょう」

そうして香乃は、しばらくスマホを持ったままうろうろしたかと思うと、ある一点で立ち止まった。

「お、ここ電波届いてる！」

香乃はパッと表情を明るくすると、すぐに電話をかける。

「もしもし店長？　東雲です。はい、無事に終わりましたー」

香乃が店長に電話する横で、俺はぼんやりと空を見上げた。

——誰も彼も昔のままではいられない。

もうぼっちな香乃はいないし、俺は碧を好きになったし、碧はソフトを辞めた。

だけど、それを不幸なことだとは思わない。

「ふー、怒られちゃった」

俺が物思いに耽《ふけ》る横で、通話を終えた香乃が照れ笑いしていた。

「そりゃそうだろ。忙しいのにあんな長居して」

「うぐぐ……そうは言うけどね。あんまり塩対応だと今後の関係に響くかと思って、私なりに気を遣ったんだよ？」

「まあそりゃしょうがないけどさ」

こいつが他人に気を遣うなんて、とはもう言わない。

俺はただ頷いて、再び歩き出した。

すぐ隣に、原付を押しながら香乃が並ぶ。

その時だった。

ひゅぅ、という甲高い音が聞こえてきたかと思うと、大空に満開の花が咲く。

花火大会が本格的に始まったらしい。

「おー、綺麗《きれい》だね」

香乃は無邪気にはしゃぐが、俺はちょっと複雑な気分だった。

「ぐ……本当は碧と一緒に見る約束だったのに」

「あはは。好きな子ほっぽり出して、自分を振った女と花火を見る気分はどう？」

「最悪に決まってんだろ!!」

からかってくる香乃を睨《にら》むも、彼女はまるで効いた様子がない。

「大人しく碧のところにいればこんなことにはならなかったのに。そんなに私のことが心配だったの？」

「当然だろ。友達なんだから」

俺が即答すると、香乃は少しだけ息を呑《の》み、笑顔の明度を落とした。

「……陸がそれ言う？　その関係を自分から壊したくせに」

からかい半分、本音半分というようななじり。

「そうだな。確かに俺が壊した」

きっぱり認めると、香乃の雰囲気が真剣なものになった。

涙も怒りもないけれど、あの夕焼けの教室で破綻《はたん》した時と同じ空気。

「ねえ。友情を壊してまで人を好きになるって、本当に正しいことなの？」

そうして彼女は、あの時と同じ問いかけを紡いだ。

俺は静かに、だけど花火の音にかき消されないように、はっきりと答える。

「まだ、決まってない」

曖昧《あいまい》で、だけどこれ以外ないと思える回答。

香乃は続きを促すように、じっと俺を見つめた。

「俺とお前に限って言えば、きっと間違いだったんだろう。お前が望んでないのは分かってたし、俺もずっと友達でいたかった」

「なのに、なんで惚《ほ》れちゃうかなあ」

呆れたように笑う香乃に、俺も心の底から同意する。

「本当にな。恋は落ちるものとはよく言ったもんだ。まさに落とし穴に嵌《は》まったような気分だったよ。こっちとしても不本意だった」

努力はしたのだ。こいつの嫌なところも、腹立つところもよく見ようとした。

けど、そんなものは初めから見えていて、その上で好きになってしまったのだからタチが悪い。

「……なんか私への気持ちを不本意扱いされるのも、それはそれで複雑なんだけど」

渋い顔をする香乃を見て、俺は少し笑った。

「しょうがないだろ、事実なんだから。好きになるものも嫌いになるものも、自分の意思で選べたらよかったのにな」

そうしたら俺は香乃とも碧とも友達のままで、今よりずっと野球が好きで、甲子園でも目指しながら過ごしていたんだろう。

碧だってきっとソフトのことをすっぱり諦《あきら》めて、もっと多くの人に心を開けた。

でも現実はそんなに都合がよくない。

俺たちはどこに向かうか分からない自分の心を持て余しながら、どうにかしてうまく折り合いをつける方法を探し続けないといけないのだ。

「……好きになるものは選べなくてもさ、その後の行動は自分で選べるんじゃないかって思ったんだよな。だから、間違いがあったとしたら、香乃を好きになったことじゃなくて、その後の行動だったんだろう」

ここに来て、今の香乃を見てそう思った。

あの日の、香乃にとっては絶対に起きてほしくなかったバッドエンドを超えて、こいつは今ここで笑っている。

都合の悪いことも、思い通りにならないことも、全部受け止めて前に進めているのだ。

「今、碧を好きになったことは、まだ正しいって言えないかもしれない。けどな、俺は今度こそ、正しいって言えるようにしてみせる」

人を好きになったのが間違いだったなんて思いたくない。

人を好きになったことを、また間違いにしたくない。

「……それが、陸の答え？」

試すような、探るような香乃の言葉。

それにしっかりと頷く。

「ああ。だから悪かったな。お前との時は、それができなかった。もっとうまくやれたはずなのに」

悔いが残るとしたら、そこだけ。

「うまくって？　私を惚れさせる自信があったってこと？　言うねえ」

照れたように茶化す香乃に、しかし俺は真っ直ぐ向き合う。

「そこまでは言わねえよ。でも——お前が抱えてるもの、いっぱいあったのを知ってたからさ。それを一緒に抱えてやるくらいはできたんじゃないかって」

恋愛に前向きになれない理由も、友情を大事に思っていたことも、全部知っていたのに、一緒に抱えてやれなかった。

「俺がもっとちゃんと考えてれば、お前が恋愛に前向きになれるように俺にもできることがあったかもしれないし、俺も自分の気持ちにうまく折り合いをつけて友達をやっていけたかもしれない。少なくとも俺から離れた途端、何もなくなったなんて思わなくてもいいようにはできたはずなんだ」

俺が香乃を好きになったのは、きっと避けられなかった。

でも——あんなバッドエンドだけは避けられたはずだ。

「…………」

「だから、そこは悪かった。俺にはきっと、お前のためにできることがもっとあった」

多分、何度やり直しても俺は香乃よりも碧を選ぶのだろう。

だけど——きっと、それでも香乃のためにできることはあった。

碧を選んで、香乃と死ぬほど気まずくなったとしても。

それでも、今度は俺から香乃にもう一度友達になろうって歩み寄ることが、きっとできたはずなのだ。

「……そっか。うん、そっか」

俺の答えに納得したのか、噛《か》み締《し》めるように頷く香乃。

そうして彼女は、懺悔《ざんげ》をするように儚《はかな》い微笑を浮かべた。

「私もね、たまに思うんだ。もっとうまくできたんじゃないかって。陸のこと振った後、自分から近づけばよかったのに、どうしていいのか分からなかったから。大事だと思うのなら、自分から手を伸ばせばよかったのにね」

香乃が零した意外な告解に、俺は目を見開いた。

だけど、その気持ちは痛いほど分かる。

「お互い、人間関係築くのが下手クソだったってことか」

「そうみたい」

お互い、目を合わせて微苦笑する。

ただそれだけで、一年前の決裂で生まれた溝が、静かに埋まっていく気がした。

そんな俺たちを祝うように、極彩色の花火が一つ、空に咲いた。

「今度は――碧には、うまくできる？」

香乃が、張り詰めた声で最後の確認をしてきた。

「やってみせるさ」

「……そっか、うん。ならいいよ」

俺が宣言すると、香乃の身体から緊張が抜けるのが分かった。

「ああ。心配かけた」

香乃は碧が心配だったのだろう。昔の自分と同じようになるかもしれないと。

だから、あの時答えられなかった問いかけをもう一度ぶつけてきた。

香乃にとっても、決して振り返りたい思い出ではなかっただろうに。

その勇気に敬意を。

だから、俺ももう一歩、勇気を出すことにする。

「あー……それとさ、今からでもまだお前にできることがあるんじゃないかって、そう思ってもいる」

「なにそれ」

唐突な俺の言葉が予想外だったのか、香乃はきょとんとした顔をする。

俺も微妙に気まずい感じはあったが、ここまで来て引くわけにもいかない。

堂々と、胸を張って踏み出すことにした。

「考えてもみろ。碧、めっちゃいい女だぞ。お前より圧倒的に性格もいいし、可愛い」

「なんで急に煽《あお》られてるの、私」

憮然《ぶぜん》とする香乃に構わず、俺は言葉を続ける。

「いやまあ、そのくらいいい子に惚れてるんだから、俺はまず他の子に目移りしないと思うわけよ」

そこまで言うと、俺の伝えたいことが分かったのか、香乃はピタッと動きを止めた。

「……だから？」

そして、悪戯《いたずら》っぽい表情で俺を見上げてくる。

言いたいことは分かってるくせに、わざと言わせようとしてるな、こいつめ。

「だから、今度こそちゃんと友達としてやっていけるんじゃないかと思って」

俺が若干照れながら宣言すると、香乃は途端に吹き出した。

「ふ……あははっ、なにそれ！　そんな仲直りの仕方ある？」

腹を抱えて笑う香乃。

それを見て、今度は俺のほうが憮然とした表情になる。

「お前に言われたかねえ。最初に話した時のこと忘れたのか」

「確かに。ま、そういう意味ではやっぱり気が合うかもね」

「そうだな」

昔のような、だけど昔とは決定的に違う友情。

俺たちは、ようやくそれを取り戻した。

「ならこれ、私から友情のプレゼントってことで」

と、その事実に思うことがあったのか、香乃はサイドバッグから何かを取り出して俺に渡してきた。

「これは……」

それを見て、俺は香乃の意図を察する。

「ま、そういうことで。道路のほうは空いてきたし、ここからは一人で帰るよ。碧によろしく」

「ああ」

原付に乗った香乃を見送って、俺は方向転換する。

スマホには、さっき電波状態がいいところに行った時に届いたのか、碧からのメッセージが入っていた。

『約束の場所で待っている』

六回裏 ▼▼▼ モラトリアムの終わり。

夜の浜辺で、私は一人ぼんやりと花火を眺めていた。
香乃が見つかったという連絡を受けたのは三十分前。
だけど浜辺はいまだに凄《すさ》まじい人混みで、陸がここに来るのは時間がかかるだろう。
「……結局、一人で見ることになっちゃったな」
ここは屋台がある並びから遠いせいか、人気はだいぶ少ない。
花火を見るにはいいスポットというのは、そういうところもあるのだろう。
おかげで、喧噪《けんそう》に邪魔されることもなく空に咲く大輪の花を眺めることができた。
とはいえ、どんな絶景も一人では意味がない。
以前、この浜辺に来た時のことを思い出す。
『碧の肩も、夏休み中にはリハビリ終わりそうだしな』
そう言われて、私はドキッとしてしまった。
肩のリハビリが終わるのは、喜ばしいことのはずなのに。
理由はもう分かっている。

ソフトを失った私は空っぽで、何もない人間。いつまでもこのままじゃいけないと思っている。

だけど――心のどこかで、今の状況がずっと続けばいいと思ってもいる。

陸がずっと側にいてくれて、さーやちゃんや銀司君も一緒にいて。

毎日が楽しく、ずっとずっとこんな日が続けばいいのにと。

「……そんな都合のいい話、あるわけないのにね」

中学の時もそうだった。陸がいて、香乃がいて、ソフトボールが楽しくて。

そんな日常はある日唐突に壊れた。

陸と香乃の関係が壊れて、それに追い打ちをかけるように私も肩を壊して。

楽しかった日々というのは、ある時に唐突に崩れ去るもの。

その時に何も残らないのならばまだいいのだろう、前に進むしかないのだから。

けど、現実はそんなにドライじゃない。

終わったからと言って、何もかもが綺麗《きれい》さっぱり消えてくれるわけではないのだ。

粉々に砕け散った日常の残滓《ざんし》が、ずっと自分を搦《から》め捕《と》る。

たとえばそれはソフトボールに対する未練だったり、再会した香乃に抱いた気まずさだったり。

あの頃、確かに幸せを作っていてくれたものの欠片《かけら》が、少しずつ自分の心に痛みを残すのだ。

『碧はどうなんだろうね』

その結果が、あれだ。

私に向けられたわけじゃないあの問いかけは、しかし私にとって致命的なものだった。

陸の存在は私にとって命綱。それを陸自身も分かっている。

だから私の告白は成功する。あまりにも不実な形で。

それはとても認められない。きっと今告白に成功しても、私は耐えられない。

中途半端なぬるま湯を楽しんで、いつまでも空っぽであることを維持しようとしたから、陸だけがずっと命綱になってしまった。

だから、私はいい加減、砕け散った過去の欠片と向き合わなければならない。

きっと、陸が今香乃に対してやっているように。

そう決意を固めると同時に、一際大きく、美しい花火が空に咲いて、すぐに散った。

『本日の花火は以上となります。皆様、暗くなっておりますので足下に注意してお帰りください』

直後、そんなアナウンスが浜辺に響く。

「……終わっちゃったか」

夏の浜辺が、寒々しく明かりを失う。

花火の後はいつも寂しいものだけど、見知らぬ土地で、たった一人で味わう寂寥《せきりょう》感は、いつもの比じゃなかった。

見上げても花火は打ち上がらず、夜空に残った煙は揺蕩《たゆた》って星を隠し、人々は私に目もくれず帰路につく。

まるで世界で一人きりになったような孤独。

「……碧！」

その時だった。

帰っていく人の流れに逆らってこちらに飛び出した人が、私の名前を呼びながら走ってきた。

暗くて顔はよく見えない。

けど私には誰かすぐに分かった。

「陸！」

私が呼びかけると、彼は息を切らしながらこちらに走り寄ってくる。

そしてすぐ目の前まで来ると立ち止まり、膝《ひざ》に手をついて深呼吸をした。

「……悪い、急いだんだけど、間に合わなくて」

荒い呼吸を整えようともせず、申し訳なさそうに謝ってくる陸。

だけど構わない。

間に合わなくたって、ここにちゃんと来てくれた。

それだけで、私にとっては十分だから。

「いいよ、この混雑じゃ仕方ないって」

香乃と一緒にいたまま、こっちに来なかったらどうしようって少し心配だったから。

息を整えた陸は、私が怒っていないことが分かったのか、ほっとした様子を見せる。

「でも無駄足になっちゃったね」

周りを見れば、もう人気は完全になくなった。

遠くに見える喧噪と明かりもほとんど届かず、すぐ近くにいる陸の表情も見づらい。

「いや、ちょうどいいものがあるよ。せっかくだし、やっていこうぜ」

そこで陸は、自分の手に持ったビニール袋を掲げてみせた。

「なにそれ？」

「友情の証だってさ」

小首を傾げる私に、陸は要領を得ない返答をしてくる。

ただ、それが香乃からの贈り物であることは分かった。

暗くてよく見えない視界で、陸が何か作業を続ける。

「えーと、こうして……お、出来た」

やがて、彼は組み立てた何かを見て満足そうに頷《うなず》いた。

見れば、それは小さな船のような形をしている。

陸はそれを持って海の中に入っていった。

「陸、危ないよ？」

ただでさえ夜の海な上、彼自身も岩礁があるから入らないほうがいいと言っていたのに。

怪訝《けげん》に思う私に、陸は笑いかけた。

「大丈夫。見てろって」

陸は笑うと、いつの間にか持っていたライターで火を起こした。

そうして、海に浮かべた船に着火する。

途端、ふわりと光の花が海面に咲いた。

「わぁ……」

思わず感嘆の吐息を零す。

船の上で、半球状に広がった花火が淡い光を放っていた。

「一般用の水上花火なんだってさ」

私の隣に戻ってきた陸が、船の上に咲いた花火を見ながら呟《つぶや》いた。

「ここは潮の関係で、夜になると岩礁に囲まれた部分が湖みたいになるんだ。波がなくなるから、こうやって小型の水上花火を浮かべるのにピッタリなんだと」

陸の話を聞いて、ふと思い出すことがあった。

「ここ、夕方より夜のほうが本番って言ってたけど、これのこと？」

前にここに来た時に聞いた台詞《せりふ》。

私の問いに、陸は首肯する。

「ああ。前はこの花火が名物だったんだが、花火の残骸《ざんがい》をそのまま放置する客が多くて廃止になったんだってさ。でも、今回だけ特別に香乃が花火大会の運営と仲良くなって分けてもらったんだ」

「あの香乃が……」

初対面の人と打ち解けて、こんなものをもらえるまでになったなんて。

「びっくりだろ？　あの人見知りだった奴が、そんなことまでできるようになったんだぜ」

私と同じ感想を抱いたのか、穏やかな表情でそう語る陸。

「だから、俺もちゃんと前に進まなきゃって思った」

静かに、だけど強い決意の滲《にじ》む言葉。

それで二人の結末を察した。

「……仲直り、できたんだ」

「ああ」

頷く陸。

最大の恋敵と関係修復したという。

だけど香乃に対する嫉妬《しっと》は湧かない。

ただ、このままでは二人に置いていかれるというのだけは分かった。

……それは、嫌だな。

私も勇気を出さなきゃ。

「ねえ陸。私ね、肩が治ったらソフト部に入ろうと思う」

そう宣言すると、陸はこっちを見た。

花火に照らされた彼の顔は、驚いたような表情を作っている。

「野手としてってことか？」

「ううん。投手として」

リハビリが終われば復帰はできる。ただし、昔みたいには決して投げられない。

必ずレベルは落ちるから、競技との付き合い方は変えなければならない。

私に下された、覆らない宣告。

「それは……」

陸もそれを知っているからか、何を言うか逡巡《しゅんじゅん》するかのように目を逸らした。

報われない挑戦をしようとしている親友を止めるべきか、応援するべきか、迷っているのだろう。

「分かってる。私にはもう昔みたいな球は二度と投げられないって」

あんなに練習したライズボールも、チェンジアップも、二度と投げられない。

分かってはいる。分かってはいるけど——本当は分かっていない。

もしかしたら投げられるかもしれない。

医者の言うことなんてただの大袈裟《おおげさ》で、本当は昔と変わらず投げられるかもしれない。

あるいは私の身体が常人離れした回復力を見せていて、奇跡の復活をしているかもしれない。

そんな毒にも等しい小さな希望は確かに私の中にあって、それを手放せないでいた。

確認さえしなければ、ずっとその可能性は〇%にはならないから。

それをしないから、まだソフトへの未練を断ち切れない。だから前に進めない。

でも私は、そんな『もしかしたら』に縋《すが》っていくのをもうやめようと思う。

「確認したいんだ。もう無理なこと。昔みたいには投げられない。もう過去には戻れない。

それを、ちゃんと自分で確認しなきゃ私は前に進めない」

――だから、これは葬式だ。

『もしかしたら』の世界で生き続ける、西園寺碧という投手の。

「そっか」

私の決意を聞いて、陸は優しく微笑した。

「引退試合、最後まで投げられなかったもんな」

「うん。今度こそちゃんと引退する」

力強く答えて、私は少しだけ前に出て花火を見た。

今、顔を見られたら、きっと私の強がりがバレてしまうから。

そう、強がりだ。本当は怖い。

だって一度向き合ったらもう逃げ場はない。空っぽな自分を、なんの言い訳もなく受け止めなければならないのだ。

けど、その恐怖と闘わなければ私に先はないから。

だから、私は少し強がってそう宣言した。

「なら、引退した後の予定は全部俺にくれ。一緒に新しいこと探そう」

言葉とともに、不意に後ろから抱きしめられた。

私の心を繫《つな》ぎ止めるように。一人にならないように。

……そうだよね。顔を見なくても、陸なら私の強がり、分かっちゃうよね。

包み込まれる温かさに、私は張り詰めたものが解けていくのを感じた。

「あのね、全部終わったら……陸に言いたいことがあるんだ、私」

ちゃんと引退して、新しく夢中になれるものを見つけて、陸が命綱じゃなくなったら。

きっと、好きだと伝えるのだ。

「その時は、ちゃんと聞いてくれる？」

「ああ」

陸は頷き、耳元で囁《ささや》いてくる。

「実はな、俺も全部終わったら碧に伝えたいことがあるんだ」

「……うん。それも、ちゃんと聞く」

新しい、大切な約束。

それを交わした私たちは、花火が消えるまで静かに眺め続けるのだった。

海神
海神屋

エピローグ１。

そうして、短いようで長かった海での生活も最終日を迎えた。

宿舎に借りていた国親家の部屋を引き払い、最後にロッカーの整理をするために俺たち四人は海神屋へやってきた。

「じゃあ、お世話になりました」

みんなより一足早くロッカーの片付けを終えた俺は、仕込み中だった店長と恭子さんに最後の挨拶《あいさつ》をするべく厨房《ちゆうぼう》に顔を出した。

「こちらこそ世話になったよ。特に花火大会の日はすまなかったね」

山場での失敗が応えたのか、申し訳なさそうな顔をする店長。

そんな旦那《だんな》の姿に、恭子さんが呆《あき》れたような顔をした。

「まったくよ。いつまでも自分を若いと思ってるからそうなるのよ。もういい歳だって自覚しなさい」

「返す言葉もない」

奥さんにトドメを刺され、しゅんとする店長。

「あはは、俺たちも楽しかったですから」

捨てられた子犬を見ているような気分になった俺は、思わずフォローを入れる。

それで少しは気を取り直してくれたのか、店長は表情を柔らかくした。

「そう言ってくれると助かるよ」

と、そんな話をしていると、裏口の扉が開いた。

「失礼しまーす！　東雲香乃、最後の挨拶に来ました！」

朝からテンションの高い香乃の声が海の家に響く。

同時に軽い足音が聞こえたかと思うと、香乃が姿を現した。

「お、やっほ。陸も来てたんだ」

香乃は俺を見るなり、軽く手を上げた。

「香乃ちゃん。君にもお世話になったね」

店長が朗らかに礼を述べると、香乃も笑う。

「いえいえ。楽しかったです！　また人足りなかったら呼んでくださいね！　陸を引き連れていきますので！」

「さらっと俺を巻き込むな」

勝手に未来の労働力としてカウントされた俺は、抗議の視線を香乃に送る。

「いいじゃん。どうせ野球辞めて暇なんでしょ？」

「まあそうだけどな」

ぐうの音も出ない。

「はは。二人とも、その時は頼むよ」

「ええ」

「もちろん！」

そうして挨拶をした俺たちは、仕込みの邪魔にならないように店の外に出た。

「みんなは二階？」

ちらりと上を見る香乃に、俺は頷《うなず》く。

「おう。みんなもロッカー片付けてる」

「そっか。むぅ……私も昨日のうちに終わらせないで、みんなとわいわいしながらやればよかったな」

微妙に後悔を滲ませる香乃。

が、すぐに気分を切り替えたのか、表情を明るくする。

「ま、いっか。どうせ陸に会いに行けば、自然とみんなともまた会えるでしょ」

「そりゃあな」

俺が認めると、香乃は満足そうに頷いた。

「うん、ならよし。あ、でも待って。私も今は他に友達いっぱいいるから、あんまり陸には構ってあげられないからね。そこのところは過度な期待はしないでください」

何故か得意げな顔で釘《くぎ》を刺してくる香乃。

「いや、むしろお前といると碧に誤解されかねないし、相当低頻度でいいんだけど。オリンピックと同じくらいの頻度でいい」

「四年に一度じゃん！　次会うの成人式だよ！」

「しょうがねえな。じゃあ閏年《うるうどし》と同じ頻度でいいよ」

「変わってない！　全く同じ頻度なんだけど！」

俺の態度が気に入らないのか、香乃は唇を尖《とが》らせた。

「そんなふうに嫌がられると、逆に頻繁に会いに来たくなるんだけど」

「あまのじゃくめ」

「どっちがよ」

お互い、軽く睨《にら》み合ってから揃《そろ》って苦笑する。

昔と同じような、だけど昔とは決定的に違うやりとり。

俺たちはこうやって、昔と同じところや変わったところをすり合わせながら、お互いにとって居心地のいい距離感を探っていくのだろう。

それはなんというか——楽しそうな未来だと思った。

「悪い、陸。待たせた……お、東雲さん」

振り向けば、銀司たち三人が二階から下りてきていた。

「どうもー。この度はお世話になりましてー」

明るく挨拶する香乃に、二条と銀司も笑顔で応じる。

「いやいや、私たちのほうこそ」

「仕事も教えてもらったしね」

三人が最後の挨拶をしていると、一人そこに参加しなかった碧が、ひっそりと俺の隣にやってきた。

「……香乃と二人で何話してたの？」

ひっそりと、他の人には聞こえないような声量で訊《たず》ねてくる碧。

そこになんだか咎《とが》めるようなニュアンスを感じてしまい、俺は思わず目を泳がせた。

「えーと、これからもよろしく的な？」

「……ふーん」

どこか拗《す》ねたような態度の碧。

それにハラハラしていると、彼女はちらりと上目遣いでこちらを見てきた。

「また香乃と会う時、私も呼んでね」

「お、おう。それはもちろん」

「絶対だからね。二人で会っちゃだめだよ」

碧としてはハブられるのが嫌ということなのだろう。

なのだろうけど……なんかどことなく思わせぶりというか、微妙に勘違いしそうでドキドキする。

「よし、じゃあそろそろ帰ろうぜ」

話が終わったのか、銀司がそう俺たちに呼びかけた。

「お、おう。そうだな」

強制的に話を打ち切られて、俺はほっとしたような惜しいような気分だった。

「じゃ、私は原付だからここで。またね、みんな」

そんな俺の内心も知らず、香乃は明るく手を振って裏口に消えていった。

あまりにもあっさりとした別れ。

当然だろう。これからはまた好きな時に会えばいいのだ、惜しむ必要はないさ。

そうして俺たちは海神屋を出て、来る時に使った道を逆に辿《たど》る。

「戻ったらすぐ自主練しなきゃなー」

浜辺を離れ、どこにでもあるアスファルトの道路を歩き出したせいで現実を思い出したのか、銀司がそんなことを呟《つぶや》いた。

「そうだな。しばらくはレギュラー陣の手伝いになるだろうけど……ま、世話になった先輩もいるし、悔いが残らないようにしなきゃな」

二条も既に日常に回帰しつつあるようで、厳しい表情でそう呟く。

かと思ったら、すぐに表情を緩めた。

「最初は銀司の付き添いのつもりだったけど……いい気分転換になったな。来てよかったよ」

そんな感想を零す幼なじみに気をよくしたのか、銀司がしたり顔を浮かべた。

「だろ？　陸と碧ちゃんはどうだった？　去年のリベンジはできたかい？」

そう訊ねられ、俺と碧は顔を見合わせた。

途端、この海での思い出が胸に去来する。

気まずい再会。一年越しの答え。花火大会の騒動。そして――新たな約束。

「ああ。よかったよ」

「うん。私も」

俺と碧は笑い合い、銀司の問いに頷いた。

そうして二人、最後に振り返って海を見る。

色んなものが終わり、終わったものをまた始めるきっかけとなった場所。

それに感謝を捧《ささ》げると、俺たちは新たな日常へと向かうのだった。

エピローグ2。

――そうして、その時はやってきた。

三年生も引退した八月の半ば。

新チームとして動き出したソフトボール部で――私の最後の夏が始まった。

「お待たせ、さーやちゃん」

職員室から出てきた私は、廊下で待ってくれていた友人に声をかける。

「碧、どうだった？」

緊張しているのか、硬い声のさーやちゃん。

そんな彼女に、私は笑顔で報告する。

「うん。ちゃんと入部届を受理してくれたよ」

私の台詞《せりふ》に、さーやちゃんはほっとしたように胸をなで下ろす。

昨日、病院でリハビリ終了を告げられた私は、早速ソフト部に入部することにした。

とはいえ、レギュラーを目指すのは難しい怪我を抱えていること、なにより短期の入部になるであろうことから無事に入部できるかは怪しかったのだ。

「よかったな。昨日、碧が入ることを及川先輩に報告したら、残念がってたぞ。もう少し早かったら一緒にできたのにって」

「あはは、さすがにそんな大事な時期に入れないって」

いくらなんでも大会中に入部なんて真似はできない。

もちろん及川先輩にはお世話になったし、一緒にプレーしたい気持ちはあったが。

「今はさーやちゃんと一緒にプレーできるだけでも十分だよ」

もし同じ高校に進学したら、バッテリーを組んで一緒にインターハイを目指そう。

中学の頃、二人で妄想したささやかな夢。

半分だけだが、確かに叶《かな》った。

「……そうだな」

私の事情を全て知っているさーやちゃんは、少しだけ寂しそうに頷いた。

「碧！」

と、その時だった。

廊下の奥から走ってくる人影が見えた。

「陸？」

意外な人物の登場に、私は目を丸くする。

「どうしたの、こんなところで」

こっちに近づいてくる陸に訊ねると、彼は少し照れたような顔をした。

「いや……今日ソフト部に入るっていうから、ちょっと気になって」

どうやら、陸は私のことを心配してわざわざ来てくれたらしい。

「過保護だなあ、陸は」

口ではそう言いつつ、私は嬉《うれ》しくなって思わずにやけてしまった。

「……やれやれ。私は先に行ってるぞ。後からゆっくり来い」

そのやりとりに何を思ったのか、さーやちゃんは溜《た》め息《いき》一つ残して先に行ってしまった。

気を遣われたのか、呆《あき》れられたのか……恐らくは両方。

陸はその背中を一瞥《いちべつ》してから、私に向き直った。

「それで、無事に入部できたのか？」

「うん、大丈夫だったよ」

私の報告に、さっきのさーやちゃん以上の安堵《あんど》を見せる陸。

「……短い期間だけどね」

きっと、これから私を待つのはちゃんと投げられた頃の自分の影を追うだけの日々。

この挑戦は、必ず挫折《ざせつ》で終わる。

それが分かっているのだろう、陸も硬い面持ちでこっちを見た。

「碧。ソフトができなくなっても、俺がずっとそばにいるからな」

真摯《しんし》な思いが、陸から伝わってくる。

「うん。ちゃんと分かってるよ」

だからこそ、私はこの挫折に挑むのだから。

――私が話す時、静かに見守ってくれる目が好き。

打席に立った時の真剣な表情も、私を心配する時に顔を覗《のぞ》き込んでくる癖も、一緒に歩く時に歩幅を合わせてくれる優しさも、私が楽しい時に一緒になって盛り上がってくれるところも。

全部全部好き。大好き。

今までずっと、陸にフラれるのが怖いって思ってた。

だけど今は違う。

こんなに好きな気持ちを、陸に知ってもらえないまま終わってしまうのが何より怖い。

だから私は挫折する。その先にある約束を果たすために。

「じゃあ、行ってきます」

「ああ。頑張れよ」

見送る陸を背に、私は静かに歩き出す。
この先に繋《つな》がっているであろう、二人の未来に向かって。

あとがき

お久しぶりです。三上こたです。

前巻に引き続き、今回も拙作を手に取っていただきありがとうございます。

さて、今回のお話は水着回！　ラブコメの定番イベント水着回！

やっぱり夏の物語を書くのであればこれは外せないということで、今回は舞台を海とさせていただきました。

そして、更には新キャラも登場となっております。

ああいう賑やかな子は書いていて楽しいですね。香乃が出るシーンは、三上にしては珍しくキャラが勝手に動く感じがありました。

ここからは少し話の内容について触れます。未読の方はお気をつけください。

今回のテーマは、二人が前に進むために必要な儀式というものでした。

五年間停滞し続けた二人が、新たな未来を目指すにはどうしたらいいのか。

そう考えて話を作り上げた結果、過去と向き合うようなエピソードになったのは、なかなか面白い現象だなと思いました。

人が抱えられるものは多くないから、何かを手に入れるためには何かを失わなければならない。そういうことなのかもしれません。

最後に謝辞を。

今回、素敵な水着イラストを描いていただいた垂狼様。女性陣の水着、最高でした。

無茶なスケジュールに付き合わせてしまった担当様、いつもお世話になっております。

三上のケアレスミスを常にフォローしてくださる校正様。

その他、この作品に関わってくださった関係者の皆様。

そして、この本を読んでくださった読者の皆様。

ありがとうございました。また次の本でお会いしましょう。

三上こた

親友歴五年《しんゆうれきごねん》、今《いま》さら君《きみ》に惚《ほ》れたなんて言《い》えない。2

著　三上《みかみ》こた

角川スニーカー文庫　23528

2023年2月1日　初版発行

発行者　山下直久

発　行　株式会社KADOKAWA
〒102-8177 東京都千代田区富士見2-13-3
電話　0570-002-301（ナビダイヤル）

印刷所　株式会社暁印刷
製本所　本間製本株式会社

●お問い合わせ
https://www.kadokawa.co.jp/（「お問い合わせ」へお進みください）
※内容によっては、お答えできない場合があります。
※サポートは日本国内のみとさせていただきます。
※Japanese text only

Printed in Japan　ISBN 978-4-04-113456-6　C0193

★ご意見、ご感想をお送りください★

〒102-8177 東京都千代田区富士見 2-13-3
株式会社KADOKAWA　角川スニーカー文庫編集部気付
「三上こた」先生
「垂狼」先生

角川文庫発刊に際して

角川源義

第二次世界大戦の敗北は、軍事力の敗北であった以上に、私たちの若い文化力の敗退であった。私たちの文化が戦争に対して如何に無力であり、単なるあだ花に過ぎなかったかを、私たちは身を以て体験し痛感した。西洋近代文化の摂取にとって、明治以後八十年の歳月は決して短かすぎたとは言えない。にもかかわらず、近代文化の伝統を確立し、自由な批判と柔軟な良識に富む文化層として自らを形成することに私たちは失敗して来た。そしてこれは、各層への文化の普及滲透を任務とする出版人の責任でもあった。

一九四五年以来、私たちは再び振出しに戻り、第一歩から踏み出すことを余儀なくされた。これは大きな不幸ではあるが、反面、これまでの混沌・未熟・歪曲の中にあった我が国の文化に秩序と確たる基礎を齎らすためには絶好の機会でもある。角川書店は、このような祖国の文化的危機にあたり、微力をも顧みず再建の礎石たるべき抱負と決意とをもって出発したが、ここに創立以来の念願を果すべく角川文庫を発刊する。これまで刊行されたあらゆる全集叢書文庫類の長所と短所とを検討し、古今東西の不朽の典籍を、良心的編集のもとに、廉価に、そして書架にふさわしい美本として、多くのひとびとに提供しようとする。しかし私たちは徒らに百科全書的な知識のジレッタントを作ることを目的とせず、あくまで祖国の文化に秩序と再建への道を示し、この文庫を角川書店の栄ある事業として、今後永久に継続発展せしめ、学芸と教養との殿堂として大成せんことを期したい。多くの読書子の愛情ある忠言と支持とによって、この希望と抱負とを完遂せしめられんことを願う。

一九四九年五月三日

“偽物カップル”から始まる、ウザかわ青春ラブコメ！
とってもカワイイ私と付き合ってよ！
三上こた
イラスト／さいね
「私のリア充生活のために、付き合ってください！」
陰キャ男子の大和は、クラスいちのリア充女子の結朱から突然の告白を受け、恋愛トラブル解決のために偽物カップルになることに。割り切った関係のはずだったのに、放課後の2人っきりの時間は徐々に居心地がよくなっていき――。
第25回
スニーカー大賞
特別賞
受賞！
スニーカー文庫

君の紡ぐ物語で
世界を変えよう。
第29回
スニーカー大賞
作品募集中!
大賞 300万円
+コミカライズ確約
金賞 100万円
銀賞 50万円
特別賞 10万円
締切必達!
前期締切
2023年3月末日
後期締切
2023年9月末日
詳細は
ザスニWEBへ
https://kdq.jp/s-award
イラスト／左